PABLO NERUDA
马丘比丘之巅

〔智〕巴勃罗·聂鲁达 著

轩乐 译

人民文学出版社

图书在版编目(CIP)数据

马丘比丘之巅 / (智) 巴勃罗·聂鲁达著;轩乐译. 北京:人民文学出版社, 2025. — (巴别塔诗典).
ISBN 978-7-02-019301-1

Ⅰ. I784.25

中国国家版本馆 CIP 数据核字第 2025JR6669 号

责任编辑　卜艳冰　何炜宏
装帧设计　朱晓吟

出版发行　人民文学出版社
社　　址　北京市朝内大街 166 号
邮政编码　100705

印　　制　凸版艺彩(东莞)印刷有限公司
经　　销　全国新华书店等

字　　数　65 千字
开　　本　889 毫米 × 1194 毫米　1/32
印　　张　6.875
插　　页　5
版　　次　2025 年 6 月北京第 1 版
印　　次　2025 年 6 月第 1 次印刷

书　　号　978-7-02-019301-1
定　　价　69.00 元

如有印装质量问题,请与本社图书销售中心调换。电话:01065233595

目 录

译者序 _1

二十首情诗和一首绝望的歌(1923—1924) _1
第二首 _3
第三首 _5
第四首 _7
第九首 _9
第十首 _11
第十四首 _13
第十七首 _16
第二十首 _18
绝望的歌 _21

大地上的居所(1925—1935) _27
死去的疾驰 _29
聚合 _32
味道 _34
迟缓的叹息 _36
五月季风 _38

诗艺　_ 40

货船幽魂　_ 42

游荡　_ 46

深入林木　_ 49

费德里科·加西亚·洛尔迦颂　_ 52

第三居所（1934—1945）　_ 61

我来解释一些事　_ 63

漫歌（1938—1949）　_ 69

爱　亚美利加（1400）　_ 71

植物　_ 75

一些野兽　_ 79

群鸟到来　_ 82

河流涌来　_ 86

人　_ 88

马丘比丘之巅　_ 96

睡着的战士　_ 120

希梅内斯·德·克萨达（1536）　_ 123

红线　_ 126

夸乌特莫克（1520）　_ 130

联合果品公司　_ 134

亚美利加　_ 137

玛加丽塔·纳兰霍 _ 140

对所有人，对你们 _ 143

元素颂（1952—1954） _ 147

洋蓟颂 _ 149

懒惰颂 _ 154

塞萨尔·巴耶霍颂 _ 158

第三部颂歌（1955—1957） _ 165

年迈诗人颂 _ 167

怪诞集（1957—1958） _ 175

为了攀上天空需要 _ 177

我请求安静 _ 178

恐惧 _ 182

致孩子的脚 _ 184

猫的梦 _ 187

黑岛纪事（1962—1964） _ 189

出生 _ 191

初次旅行 _ 195

父亲 _ 197

译者序

1973年，聂鲁达病逝后，胡里奥·科塔萨尔发表了纪念文章[1]，开头这样写道："聂鲁达的生、死都近在咫尺，一切意图用文字将他定格的尝试都与任意一张照片、任意一段单方面证词冒有同样的风险：聂鲁达的侧影、社会诗人聂鲁达——这些不过是一如往常的、屡试屡败的靠近。历史学、考古学、传记学殊途同归，汇成了同一种可怕任务：将蝴蝶钉在纸盒中。唯一可以为之辩白的挽救来自智慧的想象界域，来自它的能力——在博物馆的每一座微型棺材中，看见已经成灰的翅膀翩跹于天空的能力。"

或许科塔萨尔所针对的是从非文学角度的对聂鲁达的解读，然而，就诗文本身而言，我们也可以感受到，聂鲁达既拥有包罗万象的气魄，又拥有浸于细

---

[1] 《我们之中的聂鲁达》(*Neruda entre nosotros*)原载于由奥克塔维奥·帕斯主编的墨西哥文学杂志《复数》(*Plural*)。本文所选文句译自智利大学网站 https://www.neruda.uchile.cl/critica/jcortazar.html。

微的执着。他曾站在光谱的两端：或坠入最神秘晦暗的混沌，或高擎最清晰鲜明的旗帜。他的诗歌驳杂、矛盾、沉郁，也单纯、和谐、激昂。加西亚·马尔克斯认为他是"二十世纪全语种最伟大的诗人"，胡安·拉蒙·希梅内斯则不留情面地称他为"伟大的坏诗人（un gran mal poeta）"。在赞美与非议之下，唯一能进入科塔萨尔所言"智慧的想象界域"的路径只能是阅读本身。

而翻译就是一种特别的阅读，需要人在保持敏锐的同时放慢思维与感官，徘徊于句尾字角，这成就了译者的幸运：当目标文字与原文文字的意义、气息、能量契合，发生共振，宛如转动旋钮打开了密码箱，随之而来的喜悦难以言喻；但这思索的过程也弥漫着译者的不幸：许多情况下，必须选择自己将进行哪一种"背叛"：是放弃音韵、放弃节奏，还是放弃语义。

或许我们可以进入一些诗文翻译的细节，以更开放的、运动的方式去体验聂鲁达的诗文，又或许可以在译文与原文的距离里，体会到遗落的诗意：

如灰烬，如漫涌滋衍的海，
于下沉的迟缓，于一片无形混沌，
或如在道路高处听到

> 十字交错的钟声
> 荡着已脱离金属的声响，
> 困惑着、沉重着，以被记住的
> 或不被看见的杳渺方式，
> 在同一磨坊里，幻化为尘，
> 而滚过地面的洋李弥泛清香，
> 在时间里腐烂，恒久青绿。
>
> ——《死去的疾驰》[①]

这是《死去的疾驰》的第一诗节。它是一个模糊的、弥散的起始，十行诗句中，主语始终没有出现。聂鲁达残缺的句法为我们提供了并不连贯的介质与感官体验：干燥松散的灰烬、潮湿汹涌的水流，获得了重量（下沉）的时间（迟缓），占据了空间（脱离了金属、十字交错）的声响；清香的果实在滚动中腐烂，又在腐烂中恒久地青绿。

---

① 这首诗最初发表于 1925 年，后被收录于聂鲁达辗转南美（智利、阿根廷）、东南亚（缅甸、印度尼西亚）、南亚（印度、斯里兰卡）以及西班牙的 10 年间（1925—1935）所完成的诗集《大地上的居所》。《大地上的居所》分为一（1925—1932）、二（1933—1935）两部，共收录诗作 56 篇。之后，诗人又出版了《第三居所》，收录 1934 年至 1945 年间诗作数篇，包括组诗《西班牙在心中》，由于其中作品与前两部的内容、风格差异较大，通常不被认为是《大地上的居所》的一部分。

在诗人的带领下，我们进入了一个质地交错的混沌世界，但正如约翰·菲尔斯坦纳（John Felstiner）所说，"比起表达混乱本身，它更像是在寻找秩序"。他认为整首诗展现的"是某种感知物理世界的方式。也就是说，它展示的是一段过程，而不是一组结果"。[1]

全诗一共出现十四次的副动词[2]似乎为这种说法提供了佐证，以所引第一诗节为例：首句极具开创性地以 poblándose 来描述海水，原型动词 poblar 意为"开拓、繁育"，使人定居于某地，自复形式（-se）则有"布满、填满"之意，副动词的使用凸显了正在进行的现时感，这一过程因而显得无始无终、无边无垠。翻译中，我希望能尽可能多地还原原文的多重含义，并保持这一表述中的"丰沛含水量"，因而选择将四个单字动词"漫、涌、滋、衍"堆叠在一起，在对应原词四个音节的同时，延展这一景象的时间与空间广度；另一个引人注意的副动词为 pesando（沉重着）：西语中，更常用的是其形容词形式 pesado（沉

---

[1] *Translating Neruda-The Way to Macchu Picchu*，John Felstiner，California：Stanford University Press，1980，p. 72.

[2] 副动词（gerundio）为西班牙语动词形式，不随人称变化而变化，常用以表示持续的行动和状态，与英语中的 ing 形式类似。

重的），这一点与汉语相似，尽管"沉重"一词更加符合汉语表达习惯，但加上"着"字后，沉重状态转化为沉重动态，令这重量延续，更加难以承受，也为之后 haciéndose polvo（渐渐幻化为尘）时那重量的消散做出了更好的铺垫。

在随后的诗节中，聂鲁达继续在感官与思维倾斜的罅隙捕捉闪过的意念，黏合不同的维度，挑战人惯常的认知："在黑夜与时间之间""鸽群的腾起有怎样的质地""突然暴涨的某一刻"，这些看似吊诡的表达完美地保留了诗人的诚实与困惑，作为译者，也需要压抑所谓"令文字晓畅"的欲望，忠实于原作的忠实。

夏日圆环内，
硕大的笋瓜伸展动人的
枝叶，侧耳倾听：
那些，那些反复求索的，
那些饱满的，因沉重液滴而晦暗。

——《死去的疾驰》

在《死去的疾驰》的最后一节，笋瓜的视角令人想起诗人曾说过的"我的写作源于一种植物性的冲动"。或许,这里想要表达的不仅是智利南部潮湿密林于聂鲁达幼年时期在他心中滋养的好奇心与感受力,更指向一种植物内部的创造性与生命力:从黑暗泥土中的胚芽起始,受雨露感召,伸探根须,抽枝散叶,过程中,完满与破败溶于彼此,明媚与阴晦相互吸收,死亡与生机同时暴涨——正如诗作题目所明示的那样。在诗人更早期的诗作里,我们也能窥见这样的景象:

> 一束光从太阳掉落在你晦暗的裙摆。
> 巨大的根须从黑夜
> 自你的灵魂突然生长。
> 你内里隐藏的东西回到了体外,
> 因此一个灰蓝的初生小镇
> 倚靠你获得了滋养。
> ——《二十首情诗和一首绝望的歌·第二首》

1929年,聂鲁达在给友人冈萨雷斯·维拉(González Vera)的信中表示:"……对事物的诠释,我认为最好的是一种没有先例的知识,一种肉体上对世界的吸收"。索尔·尤尔基耶维奇(Saúl Yurkievich)更是断言:"(聂鲁达的)本质诗歌来自他在想象力胚胎中的沉浸,来自'前形式(preforma)'与'前语言（prelengua）'的潜意识层面。"① 诗人也在诗中描绘过这尚未成形的精妙：

没有名字的我的土地，没有"亚美利加"，
春秋分时节的雄蕊，深紫的长矛，
你的芬芳从我的根
爬上了我啜饮的杯盏，爬上了尚未
在我口中诞生的最纤薄的词语。
——《大地上的灯盏·爱　亚美利加》②

这种"前形式""前语言"的表达冲动也体现在诗人大量使用形容词来代替名词（或形容词性名词）的

---

① "Introducción general-Pablo Neruda: persona, palabra y mundo", Saúl Yurkievich, *Obras Completas I*, Pablo Neruda, Barcelona: Galaxia Gutenberg S. L., 1999, p. 11.
② 收录于1950年出版的《漫歌》。这部诗集收录了聂鲁达1938年至1949年间所作数量庞大的诗作。诗集被分为15个部分，共231首诗。在亲历西班牙内战的残酷之后，聂鲁达开始谴责高雅、晦涩的诗歌，抨击抽象、虚无主义的艺术，并激情澎湃地进行自我审查与反省，写下了许多檄文般的诗作。然而，从某种程度上讲，他无法抑制两种诗歌哲学的冲突：一种是政治责任加身的诗，摆着战斗姿态，面向被压迫的大众，而另一种则是原始神秘、混沌而冲动的诗，两种能量虽难以调和，却在相互围绕旋转中，融汇于诗集《漫歌》——它意图沉浸式地展现整个拉丁美洲的一切，拥有"幻觉般的狂喜，也有切实的朴素，既有宇宙的遐想，也有现实的良知"（尤尔基耶维奇语），成就了聂鲁达的又一诗作巅峰。本选集中收录26首诗，其中包括组诗《马丘比丘之巅》中的全部12首。

手法上：

> 声音会弄皱他，事物会穿过他，
> 他的透明让污浊的座椅闪闪发亮。
>
> ——《货船幽魂》

> 时间在肥沃里生长。
>
> 蓝花楹托起
> 海另一边的明媚聚成的浮沫。
>
> ——《大地上的灯盏·植物》

诗句并不点明"肥沃""明媚"的修饰对象，但也因此呈现了直捣感官的捷径，并获得了更为丰盈宽泛的所指，为想象晕开了道路。

诗人也常使用中性定冠词"lo"搭配形容词或从句的结构[①]来做句子的主语或谓语：

---

① 西班牙语中，"lo+形容词"用来表达"事物的……之处"或"……的方面"，例如："lo bueno"意为"好的方面"，"lo malo"意为"坏的方面"；而"lo+从句"的形式则表达对某件事的泛指描述，例如 lo que quiero（que 是从句先行词，quiero 为"想要"的第一人称一般现在时变位）意为"我想要的"。

(谷物里的,仿佛一段关于饱满的小小乳房的
金黄历史,不断重复的密码是恒定不变剥落在
象牙白上的、胚芽层绵延的温柔;
水中的,是透明的祖国,钟声
自与世隔绝的白雪一直传到淋淋鲜血的海浪。)
——《马丘比丘之巅·之二》

这又是一段句法破碎的诗文:"谷物里的""水中的"虽为主语,却没有确指的细节,如约翰·菲尔斯坦纳所言:"仿佛瞬时潜意识闪烁的微光"[1]。它缺乏相应谓语的承接,因而比喻的部分呈现出悬浮状态。我尽力在翻译过程中保留这一部分特质,然而,因为两种语言句子结构顺序的不同,汉语无法像西语那样自然地向后缀接层叠的从句,我不得不对之后的句序进行了较大的调整,以保证相对更好的节奏,却难以避免个别句子稍显冗长。

无论是"植物性的冲动""前形式、前语言的表

---

[1] *Translating Neruda-The Way to Macchu Picchu*, John Felstiner, California: Stanford University Press, 1980, p. 161.

达"，还是"瞬时潜意识闪烁的微光"，似乎都指向了一种刻不容缓的表达欲望，一种渴望感官主体与周遭世界和融为一的欲望，聂鲁达各个时期作品内容与风格变化各异，但这一特质几乎从未消失：

你们来吧，来我的无垠梦境，
落在我的卧房，像夜一样降落
降落在此，永无停歇仿佛破裂的羊水，
把我绑在你们的生、你们的死，
绑在你们屈服的身体，
绑在你们死去的中立的鸽子，
让我们点起火，造出安静，发出声响，
让我们燃烧，沉默，阵阵钟声。
——《深入林木》

邀请密林进入自己的梦境，将自己捆绑于林木的生死，与之一同燃烧一同沉寂仍不足够，还需：

更深处，在地质黄金里，
仿佛被风雨雷电裹身的一把利剑，
我将自己躁动而温柔的手
埋入了大地生殖力最强的所在。

并将前额置于深邃的浪间，
如液滴落入硫黄般祥和，下沉
如一位盲人，回到了
破损的人间春日的茉莉园。

——《马丘比丘之巅·之一》

聂鲁达的宏大并不在于气吞山河的气魄，他似乎鲜少俯瞰自然，或许诗人真正的意愿是感知它，进入它，成为它，无论它是生机盎然的林木，还是深埋地下的矿物，无论它是高原稀薄的空气，还是海中澎湃的液滴，他在诗中施法，意欲激发大地的繁育；对情人倾吐心意时，也会幻想拥有自然的魔力：

我的话落雨般轻抚着你。
许久前，我便爱上了你如披戴日光的珍珠母般的
　身体，
甚至相信你是宇宙之主。
我会为你从山里带来喜悦的花朵，风铃草，
深色的榛子，和一篮篮野生的吻。

我想像春天

待樱桃树那般待你。

——《二十首情诗和一首绝望的歌·第十四首》

在面对深爱的整个大洲时,诗人不再满足于向眼前的一切流露心声,甚至不再满足于穿越时空、将自己的声音送往地下沉睡的听觉:

我来是要用你们死去的嘴说话。

透过大地,你们聚起了所有

散落四方的无声的唇,

请从大地深处与我彻夜长谈,

仿佛我也与你们一样被钉牢,

请告诉我一切,一串串,

一环环,一步步,

请把你们留存的尖刀磨利,

把它们放在我的胸膛我的手掌,

……

请给我安静、水、希望。

请给我战斗、铁、火山。

用你们的身体粘住我的如同磁铁。

来吧,钻进我的静脉我的嘴。

说吧，透过我的词语我的血。

——《马丘比丘之巅·之十二》

通过对逝去生命的召唤，聂鲁达表达了他此刻最迫切的愿望：消除他与他们之间的界限——让他们的痛苦加诸他身上，让他们的血肉融于他的血肉，让他的声音成为复合的人声，让他成为他们每个人，在组诗的结尾让生命的共振萦绕在《马丘比丘之巅》。

海伦·文德勒（Helen Vendler）在《大海，飞鸟和学者》一书的前言中谈到自己年轻时初读史蒂文斯诗篇的感受："在我还不能以任何释义的方式来理解史蒂文斯的诗歌时，我仿佛已借助通灵术知晓了这些诗的情感意义。这经历如此奇特，以至于我强烈地渴望知道这种超越智性转译的融会过程是如何实现的。我此后所做的一切都源于这种不可遏制的冲动，想要解释独特的风格在传达诗歌意旨方面的直接表现力。"[1] 在阅读和翻译聂鲁达诗歌时，文德勒的疑问与冲动也时常在我脑中浮现。当我们真正进入他的诗

---

[1] 《大海，飞鸟和学者》，海伦·文德勒著，合唱团（本章译者朱玉）译，广西师范大学出版社2024年第1版，第2页。

文，或许会感受到，在晦暗、阴郁、明亮、激昂这样显而易见的风格之下，更为深湛的是他高妙语言能力所承载的超人感知力和迫切表达欲，透过他的文字，我们也可以拥有"退回原初混沌的贪婪双眼""舔舐一个个石块以品尝其质地味道的舌头""鸟儿刚刚钻入的听觉"和"醉倒在沙地间、硝石上、工厂灰烟中的嗅觉"①；可以与宇宙同生、共振；可以一次又一次地遇见爱默生口中的诗歌的"惊奇"——在某个瞬间猛然感觉到自己生命力的涌动。

2024 年秋于格拉纳达

---

① 见胡里奥·科塔萨尔：《我们之中的聂鲁达》。

二十首情诗和一首绝望的歌

(1923—1924)

第二首

在它临终的火焰里,光裹住了你,
心痛的苍白的你,入神地
逆光站在绕你旋转的
迟暮螺旋桨前。

一语不发的,我的女友,
独孤一人在这死寂时刻的孤独里,
满盈火的生命。
被摧毁的白昼的纯粹继承者。

一束光从太阳掉落在你晦暗的裙摆。
巨大的根须从黑夜
自你的灵魂突然生长。
你内里隐藏的东西回到了体外,
因此一个灰蓝的初生小镇
倚靠你获得了滋养。

哦，黑与金的交替轮回中
伟大、丰沃，充满磁性的女奴：
傲然挺立，尝试并成就了这样鲜活的创造，
令她的花朵黯然退让，令她充满悲伤。

第三首

啊，松林的广袤，浪碎的声响，
光的迟缓游戏，孤独的晚钟，
正坠入你眼中的黄昏，娃娃，
陆上的海螺，大地在你的体内歌唱！

河流在你的体内歌唱，我的灵魂顺水逃离，
将依你所愿，流向你想让它去的地方。
请在你的希望之弓上标记我的道路，
我会在迷狂中将支支利箭释放。

我凝望环绕我的、你雾霭般的腰肢，
你的沉默侵扰着我疾步紧追的每时每刻，
在你和你的透明石臂上，
有我停泊的吻，也有我的潮湿焦渴所筑的巢。

啊，正轰然死去的傍晚中

你被爱浸染、弯折的神秘话音！
在田野上方的幽深时刻，我看见
风的口中，谷穗都弯下了腰。

第四首

是夏日心中
被暴雨填满的早晨。

如道别的白手绢般走远的云,
被风那只旅人的手轻摇。

无法丈量的风的心
在我们陷入爱意的静默里跳动。

管弦乐般在树木间神圣地震颤嗡鸣,
像载满战争与歌声的舌。

疾疾卷走枯叶的风
引偏了群鸟跳动的箭。

风将她摧毁于没有泡沫的浪,

没有重量的物质，和倾身的火。

在夏日劲风门前被击溃的一团吻
在碎裂后沉没。

第九首

迷醉于松节油和漫漫长吻的
夏日的我,驾一叶玫瑰轻舟,
牢牢在大海坚实的狂热上
倾身驶向这个瘦削日子的死亡。

泊在贪婪之水的苍白的我
穿过赤裸气候里的酸气,
一袭灰衣,散着苦涩声响,
顶着被遗弃的泡沫聚成的头盔。

激情推我奋力骑上我唯一的浪,
夜月,昼日,炽烈冰凉,倏然变化,
在清凉腰肢般洁白温柔的
幸运岛屿的咽喉睡着。

潮湿的夜里,由亲吻织就的我的裙摆

狂载电光,不停震颤,
英勇地,我在幻梦
与身上铺展的醉人玫瑰间
一分为二。

水波涌起,身外的浪潮中,
你平行的身体被我束进怀抱。

像一条无限贴合我灵魂的鱼,
在天空之下的能量里,亦疾亦徐。

第十首

我们甚至连这个黄昏都失去了。
今天下午,蓝色的夜垂降在这世上时
没有人看见我们手牵手。

透过窗户我看见
西边远处小山丘上的欢会。

不时地有一小块太阳
硬币般在我的双手间燃起。

我想起你,灵魂
便被你所熟悉的我的悲伤攥紧。

那时的你在哪里?
在什么人之间?
说着怎样的话语?

12

为什么正当我伤心，觉得你遥不可及时，
所有的爱突然来袭？

总在黄昏时读的那本书掉了下去，
我的披风，像条受伤的狗，在我的脚面反复磨蹭。

你总是，总是在下午，
在黄昏抹除一座座雕像时
冲它奔跑的方向远去。

第十四首

每一日你都同宇宙的光嬉戏。
乘花朵与流水到来的轻妙访客。
你远不止这花束般被我
捧在手里的小小白皙面庞。

自从我开始爱你,你便不再像任何别人。
在黄色的花环中,让我将你轻轻铺开。
在南方的星辰之间,是谁用烟写下了你的名字?
哦,让我帮你记起,你尚未存在时的样子。

风突然咆哮,敲起我紧闭的窗。
天空是捞满阴郁鱼儿的网。
所有风都聚在这里,所有的风。
雨褪下了衣裳。

飞过的鸟儿在逃离。

风。风。
我只能与人的力量抗争。
风暴卷起灰暗的树叶,
松开了昨晚泊在天空的所有轻舟。

你在这里。啊,你并不逃离。
直至我的最后一声呼喊你都会回应。
请依偎在我身旁,仿佛你心怀恐惧。
只是,曾有陌生的暗影划过你的眼睛。

现在,现在也一样,小姑娘,你为我带来了忍冬,
连胸脯都散着芬芳。
哀风疾驰扫杀蝴蝶,
而我爱你,我的快乐轻咬你梅子般的唇。

你挨受过多少痛苦,只为适应我,
适应我孤野的灵魂,和被所有人驱赶的我的名字。
多少次,我们目光相吻,一起看启明星燃烧,
看两人头顶的拂晓在旋转的扇面上慢慢直立。

我的话落雨般轻抚着你。
许久前,我便爱上了你如披戴日光的珍珠母般的

身体,
甚至相信你是宇宙之主。
我会为你从山里带来喜悦的花朵,风铃草,
深色的榛子,和一篮篮野生的吻。

我想像春天
待樱桃树那般待你。

第十七首

深邃的寂寞里,思索着,与暗影纠缠。
你也很远,啊,比任何人都遥远。
思索中,放开群鸟,消抹画面,
埋葬灯盏。
雾的钟楼,那么远,那样高!
扼住悲叹,磨碎暗光,
郁郁寡言的磨坊工,
远离城市的夜扑落在你身上。

你的存在很陌生,像某种物品,与我无关。
我走了很长的路,想着在你之前的我的生命。
在所有人之前的我的生命,我粗涩的生命。
在石块之间对海吼叫,
在海的呵气之中自由疯狂奔跑。
海的悲伤怒火、呼号和孤寂。
失控、暴力,向天空伸去。

女人,彼时的,是怎样的你?那面巨扇中
你是怎样的条纹与扇骨?那时的你与现在一样
　　遥远。
林中的灾火!在蓝色十字中燃烧。
燃烧,燃烧,冒着火苗,在光之树上火星四溅。
噼啪作响,轰然倒塌。灾火。灾火。

被火屑刺伤的我的灵魂跳起了舞。
是谁在呼喊?是怎样的寂静住满了回声?
怀念的时刻,欢乐的时刻,寂寞的时刻,所有时
　　刻中
属于我的那个!
歌唱的风穿过的螺号。
悲泣的浓情缠绑住我的身体。

所有的根须都被震落,所有的浪都在汹涌猛击!
欢乐的、悲伤的、无尽的我的灵魂,在翻滚。

思索中,把灯盏埋入深邃的寂寞。
你是谁,是谁?

第二十首

今夜我能写下最悲伤的诗句。

写,比如:繁星满夜,
湛蓝的星,颤抖着,那么遥远!

夜风在空中吟唱回旋。

今夜我能写下最悲伤的诗句。
我曾经爱过她,有时,她也爱我。

像这样的夜里,我曾拥她入怀。
在无尽的天空下吻她,一遍又一遍。

她曾经爱过我,有时,我也爱她。
怎么可能没爱过她专注的双眼。

今夜我能写下最悲伤的诗句。
想着我并不拥有她。感觉已经失去了她。

听辽阔的夜,没有她,更加辽阔。
诗句落入灵魂,像露水落在牧草。

即使我的爱留不住她,又有什么重要。
繁星满夜,她不在我身旁。

这就是一切了。远处有人在歌唱。在远处。
失去了她,我的灵魂不禁悲哀。

仿佛是为了接近她,我的目光在寻找她。
我的心在寻找她,而她不在我身旁。

染白了同一片树的同样的夜。
我们,那时的我们,现在的我们,已与那时不同。

的确,我已经不再爱她,但我曾那样爱过她啊。
那时我的声音循着风,只为轻触她的耳朵。

属于另一个人。将会属于另一个人。就像从前属于我的吻。
她的声音，她明澈的身体。她无尽的双眼。

我已经不再爱她，是的，但或许我还爱着她。
爱这么短，遗忘却那么长。

因为像这样的夜里，我曾拥她入怀，
失去了她，我的灵魂不禁悲哀。

即使这是她带给我的最后的痛苦，
即使这是我为她写下的最后的诗句。

绝望的歌

我身处的夜浮现出关于你的记忆。
河流把它固执的哀怨系在了海里。

被抛弃的人如黎明的码头。
已是离开的时候,哦,被抛弃的人!

冰冷的花冠雨水般落在我的心头。
哦,废料的阴沟,溺水者的凶险穴洞!

你体内聚积了战争与翱翔。
诗歌的鸟雀自你振翅起飞。

你像远方,吞下了一切。
也像海洋,以及时间。一切在你里面的,都已
　　沉没!

那是进攻与亲吻的欢乐时刻。
是讶异如灯塔般燃烧的时刻。

领航员的焦虑,盲眼潜水员的怒火,
爱情浑浊的痴醉,一切你里面的,都已沉没!

迷雾童年里我生了翅膀的受伤灵魂。
迷途的探索者,一切你里面的,都已沉没!

你缠住了痛苦,抓牢了欲望。
你被悲伤放倒,一切你里面的,都已沉没!

我让影子的高墙后退,
越到了欲望和行动的另一侧。

哦,肉体,我的肉体,我爱过又失去的女人,
在这潮湿的时刻,我记起了你,并为你歌唱。

如同杯盏,你包容了无限的温柔,
而无限的遗忘将你击碎,如同击碎杯盏。

那是黑色的,一众岛屿的黑色孤独,

在那里,我爱的女人,你打开双臂接纳了我。

那时的焦渴与饥饿前,你是鲜果。
那时的哀痛与废墟中,你是奇迹。

啊,女人,我不知道,你怎能
用你灵魂的大地和双臂的十字将我包容!

我对你的欲念是那般可怕而短暂,
激荡而痴醉,紧绷而贪婪。

在安葬吻的墓地,你的坟里仍有火焰,
被鸟雀啄咬的串串果实仍在炽烈烧燃。

哦,被轻咬的唇,哦,被吻过的四肢,
哦,饥饿的牙齿,哦,交缠的身躯。

哦,希望与勇气的疯狂交合,
我们在其中缠绵又绝望。

而温柔,轻如水与粉。
而话语,尚未始于双唇。

那是我的命运,我的渴望曾在其中穿行,
在其中跌落,一切你里面的,都已沉没!

哦,废料的阴沟,在你之中一切都会跌落,
还有什么苦你没能榨出,还有什么浪未曾将你
　淹没?

那时踉跄的你仍在燃烧在歌唱。
挺立如船头的海员。

仍在歌声中绽放,在水流中粉碎。
哦,废料的阴沟,敞露的苦井。

苍白的盲眼潜水员,不幸的投弹手,
迷途的探索者,一切你里面的,都已沉没!

是离开的时刻了,被夜晚钉在
所有钟表上的生硬寒凉的时刻。

大海的腰带聒噪地纠缠着海岸。
寒星涌现,黑鸟迁徙。

黎明的码头般被抛弃的人。

只有颤抖的影子在我的手中盘绕。

啊,在一切的另一边。在一切的另一边。

是离开的时刻了。哦,被抛弃的人!

大地上的居所

(1925—1935)

死去的疾驰 ①

如灰烬，如漫涌滋衍的海，
于下沉的迟缓，于一片无形混沌，
或如在道路高处听到
十字交错的钟声
荡着已脱离金属的声响，
困惑着、沉重着，以被记住的
或不被看见的杳渺方式，
在同一磨坊里，幻化为尘，
而滚过地面的洋李弥泛清香，
在时间里腐烂，恒久青绿。

一切都那样迅猛，那样生机盎然，
却固步不移，如疯狂自转的滑轮，
总之，像马达的转轮。

---

① 以下 7 首诗选自《大地上的居所》第一部（1925—1932）。

它存在,如树木的干涩针脚,
沉默地,于四周,如此
甩动尾巴模糊着一切边界。
它究竟来自何处,经过何处,在哪一堤岸?
持久、模糊的围绕,那样喑哑
如修道院四周的丁香,
或如阉牛舌上死亡的降临,
跌跌撞撞,踉跄倒下,双角意欲鸣响。

因此,静止中,停下,感知,
于是,如宏大的振翅,在上空,
如死亡的蜜蜂,如数字,
唉,我苍白的心无法包容的东西,
在人群中,在刚涌出的泪滴里,
人的努力,暴风雨,
寒冰般突然暴露的
黑色行动,汪洋般广博的
无序,我歌唱着走进它,
仿佛仗剑走入手无寸铁的人群。

那么,在黑夜与时间之间有如一道屏障的
鸽群的腾起有着怎样的质地?

那已然悠长的声响
在坠落中用石子铺就道路,
更确切地说,当某一时刻
突然暴涨,便延伸永不停歇。

夏日圆环内,
硕大的笋瓜伸展动人的
枝叶,侧耳倾听:
那些,那些反复求索的,
那些饱满的,因沉重液滴而晦暗。

聚 合[①]

有浓稠、聚合的东西,沉淀于深处,
不断重复它的数字,它同一的标记。
显而易见,石块曾碰触时间,
它细致的材质里有年岁的气息
以及海洋带来的盐与梦的水。

同一种东西,单一的运动围绕着我:
矿物的重量、肌肤的光泽,
紧贴词语"夜晚"的声响:
小麦、象牙、啜泣的色调,
皮质、木质、羊毛的制品,
衰老、褪色、统一,
聚在我周围宛如墙壁。

[①] 西语原文为 Unidad,有"聚合""合一"之意,同时也有"单元""个体"之意。

我默然工作,环绕自己,
如盘旋于死亡上空的渡鸦,哀丧之鸦。
我思索,独居于四季的广博,
身处中心,被寂静的地貌环抱:
一小块温度自天空坠落,
一个模糊个体组成的极端帝国
在我周围聚合。

味　道

虚假的占星学、黯然的习惯,
被倒入无休止的延绵,被随身携带,
因它们,我保留了一种倾向,一种孤独的味道。

旧木般残损的对话
饱含座椅的谦恭和忙于
为二手意志服务的奴隶语汇,
僵固如牛奶,如死亡的星期,
如城市上方被封锁的空气。

谁能夸耀自己有更坚实的耐心?
理智用密实的皮革将我裹紧,
色彩融汇,宛如蛇蟒:
我的造物诞生于绵长的拒绝:
唉,只需一杯,我便可以告别这一日,
它由我选择,无异于世间的每一天。

我活着，体内充满色彩庸常的物质，它寂静
如朽迈的母亲、恒固的耐心，
如教堂的暗影或尸骨的安息。
前行的我身上盛满深湛之水，
它已做好准备，慢慢在悲伤的关切下睡去。

我的内心如吉他，有老旧的气息，
干燥而洪亮，持久，静止，
像忠诚的养分，像烟气：
一种休憩中的元素，一汪生机盎然的油：
一只不可或缺的鸟儿看护我的头脑：
一位恒常不变的天使居于我的剑端。

迟缓的叹息

在心的夜,
你迟缓姓名的液滴
在静寂中流动、坠落,
击碎、壮大了它的水泊。

有些什么想受到它轻微的伤害
受到它无垠而短暂的尊重,
就像忽然听见的
已失去之人的脚步。

忽然,忽然被听见
而后洒落内心,
带着悲伤的坚韧与滋长,
如一场秋日凉梦。

大地厚重的转轮,

记忆潮湿的轮辋，
让时间滚动又将它割成
无法相互企及的两半。

坚硬的树冠笼罩你
流淌于冰冷大地的灵魂，
它寒酸的蓝色雨滴
飘飞在雨水的声音里。

五月季风

当季的风,绿色的风,
满载空间与水,对灾难熟稔于心,
它卷起了幽凄皮革制造的旗:
某种消散物质的旗,如施舍出的钱币,
于是,银色的、凉寒的、脆弱
如巨人水晶剑的白日得到了庇佑,
周遭的力量守护它恐惧的呼吸、
它欲坠的泪水、它无用的沙地,
它在四周交错作响的权力中央
像战役中一位赤裸的男子,
举起了他白色的花束,举起他不确凿的确凿,
和受侵之物间颤抖的盐水滴。

要怎样休息,怎样热爱穷酸的希望,
只凭这微弱的焰,这飘忽的火?
举起饥饿的刀斧又该砍向哪里?

要劫走哪种材料，躲过哪道闪电？
由距离和震颤化成的杳渺光芒
拖在地上，像被死亡梦魇与苍白装点的
悲伤新娘的婚纱裙尾。
一切被阴影碰触过、被无序
壮大过的东西
都在坠落、流溢、悬停、不安，
在空间罅隙手无寸铁地被死亡击败。

唉，是预料中的白日终点，
信件、船舶、生意都曾向它奔逸，
它沉滞而潮湿，在自己并不拥有的天空下死去。
它气味浓烈的篷顶、深邃的枝叶、
稍纵即逝的火花、生动的呼吸都去了哪里？
静滞不动，身披濒死的光芒与暗淡的鳞片，
它将目睹雨将它劈成两半，
看到被水滋养的风将水摧残。

诗　艺

在阴影与空间之间，在战士与少女之间，
怀一颗独特的心，和种种不祥梦境，
倏然苍白，额面凋零，
散着因日复一日的生活而怨怒的鳏夫哀伤，
唉，我对悻悻饮下的每一滴无形之水，
对战栗迎接的每一个声响，
都怀有同一种缺席的渴求和同一种冰冷的热情，
新生的听觉，迂回的苦闷，
像纷至沓来的贼盗与幽魂，
也像恒定且深厚的外壳上
一位受辱的侍应，一口微哑的钟，
一面老旧的镜子，一栋孤宅的气味：
那里有酩酊大醉的客人深夜来访，
有扔在地上的脏衣的味道，有缺席的花朵
——或许以一种不那么忧伤的方式。
然而，真真切切，突然间，抽打我胸口的风，

落入我卧房的永恒物质的夜,
献祭般燃烧了自我的某日的噪声,
都忧伤地,开始向我求索内心先知的一面,
还有呼求却不得回应的事物给出的一击,
以及一种无法停息的动作,和一个模糊难辨的
　名字。

货船幽魂

于泡沫管道上避难的距离,
在庄严海浪和确切秩序里的海盐,
以及腐木与烂铁的
老旧货船的气味和声响,
不断哭泣、嗥叫的疲惫机械
推着船首,踹着船身,
咀嚼着抱怨,不停吞咽着距离,
在酸水之上发出酸水的噪声,
在旧水之上拱着旧船前进。

内部货舱,昏暗隧道,
被各港口断续的白日造访:
麻袋,一位阴森的神祇堆起的麻袋
像灰色的动物,浑圆无眼,
却有温柔甜软的灰耳,
和塞满麦粒或椰干的巨肚,

如挺着善感腹部的怀孕女子,
寒酸裹着灰裙,耐心
在痛苦影院的黑暗里等待。

突然听到外面的
水流过,如晦暗之马奔离,
扬起马蹄蹚水的声响,
又急急没入水里。
于是船舱内只剩下了时间:
孤独潦倒的饭厅里的时间,
静滞不动,肉眼可见,仿佛巨大的不幸。
被蛮力磨损的皮革、布料,
洋葱、油,以及别的东西的味道,
飘在货船角落的某人的味道,
没有姓名的某人的味道,
一阵气浪般爬下梯子,
用缺席的身体穿过条条走廊,
用死亡所保存的眼睛观看。

他用没有颜色、没有目光的眼睛观看,
迟缓地、战栗地走过,既不出现,亦无身影:
声音会弄皱他,事物会穿过他,

他的透明让污浊的座椅闪闪发亮。

谁是那个没有幽魂身体的幽魂?
他的脚步轻如夜尘,
他的声音仅通过其他事物呈现。

旅途的家具里塞满了他的静,
仿佛旧船里的条条小船,
载着他的消隐与缥缈:
衣柜、绿色文件夹,
还有窗帘和地板的颜色,
一切都在挨受他手中迟缓的空无,
都在被他的呼吸消磨。

他滑行,溜过,下落,透明地
在货船上流动,如冷空气中的空气,
用隐形的双手扶住栏杆
看船尾苦涩的海向后逃逸。

只有水拒绝他的影响,
拒绝他被遗忘的幽魂的颜色和气味,
清新而深邃地舒展舞蹈

像火的生命,像血或芬芳,
崭新而强健,涌流而出,汇合,再汇合。

免于自我消耗的水,同样独立于成规与时间,
丰沛的绿,冰冷且高效,
抚摩货船黑色的胃,冲刷它的
身体,它的残痂和它烂铁的皱纹:
鲜活的水噬咬货船的面具,
载着冗长的泡沫旗帜,
任自己的海盐牙齿在浪滴中飞驰。

幽魂用没有眼睛的脸看着海:
白日的轮回,货船的咳喘,空间中
唯一且浑圆抛物线上的一只鸟。
随后它降落回货船的生活,
坠入死寂的时间和朽木,
滑过黝黑的厨房与船舱,
迟缓如空气、如气压,和荒凉的空间。

游　荡[①]

现在的情况是我厌倦了做人。
现在的情况是走进裁缝铺和电影院时
我颓废、冷漠、如一只毛毡天鹅
浮游于源头与灰烬之水。

理发馆的气味让我放声痛哭。
我只想在石头或羊毛旁休息,
我只想看不见设施、花园、
商品、眼镜、电梯。

现在的情况是我厌倦了我的脚我的指甲
我的头发我的影子。
现在的情况是我厌倦了做人。

[①] 原文为英语：Walking Around。以下3首诗选自《大地上的居所》第二部（1933—1935）。

然而如果可以剪一枝百合
来惊吓一位公证员，或用耳旁一击
将死亡带给一位修女，那将多么美妙。
而携带绿色尖刀走在路上
大声吼叫直到冻死街头
则会十分美好。

我不想继续做黑暗中的根须，
摇摆、伸展，因困倦而战栗，
向下，在大地潮湿的脏腑
吸收、思考，终日进食。

我不想要如此多的不幸。
我不想继续做根、做坟，
独居地下，如与死人为伴的地窖，
在冻僵的躯壳内伤心欲绝。

因此当星期一撞见我愁苦如狱的脸
便开始如石油，滚滚燃烧，
在它残轮般的流逝里嗥叫，
踏着热烫的血步奔向黑夜。

它将我推向某些角落,某些潮湿的房屋,

推向白骨探出窗户的医院,

某些泛着醋味的鞋店,

推向如裂缝般可怖的街道。

有硫黄色的鸟和可怕的内脏

挂在我憎恶的房屋的门上,

有被遗忘在咖啡壶中的假牙,

有应当

因羞愧与恐惧而痛哭的镜子,

有雨伞在各个地方,还有毒药,还有肚脐。

我平静地游荡,睁着眼,穿着鞋,

怀着愤怒,带着遗忘,

我走着,穿过办公室、正骨铺子,

以及铁丝上挂着衣服的庭院:

内裤、毛巾还有正流着

迟缓脏泪的衬衫。

深入林木

几乎不凭我的理智,只伴我的手指脚趾,
伴迟缓的水迟缓的淹没,
我坠入勿忘我的帝国,
坠入顽固的一团哀戚,
坠入荒废的厅室,
坠入一把苦涩的三叶草。

我坠入阴影,被遭受
摧毁的事物环绕,
我望向蜘蛛,用尚未长成的
隐秘木头将森林喂养,
随后踏入从物质与寂静的生灵身上
撕扯下来的、一磅一磅的潮湿。

甜蜜的质料,哦,羽翼干枯的玫瑰,
在我的下沉中,你的花瓣被我

透着红色疲惫的沉重双足举起,
在你刚硬的大教堂内,我双膝跪地,
用双唇触碰天使。

是我,在你世界的色彩面前,
在你苍白的僵死之剑面前,
在你聚集的颗颗心脏面前,
在你沉默的众生面前。

是我,在你被秋日
和坚忍紧裹的僵死气浪面前:
是我,开始了一场丧葬旅程,
在你黄色的伤疤之间:
是我,伴着我没有源头
没有养分的哀叹,难以入眠,孤独地
走入渐暗的通道,
来到你神秘的物质面前。

我看见你干涸的水在流动,
看见被拦下的手在伸展,
我听见你海洋气息的植物
在黑夜暴怒震颤,瑟瑟作响,

我觉察叶片在向内死亡,
为你无助的静止
掺入了绿色的物质。

细孔、叶脉、甜美的圆,
重量、寂静的温度,
紧贴你坠落灵魂的箭,
在你浓稠之口中睡着的生灵,
被耗尽的甜美果肉的尘,
满盈被熄灭的灵魂的灰,
你们来吧,来我的无垠梦境,
落在我的卧房,像夜一样降落
降落在此,永无停歇仿佛破裂的羊水,
把我绑在你们的生、你们的死,
绑在你们屈服的身体,
绑在你们死去的中立的鸽子,
让我们点起火,造出安静,发出声响,
让我们燃烧,沉默,阵阵钟声。

费德里科·加西亚·洛尔迦颂[①]

假如我可以在一栋孤宅里因害怕而哭泣,
假如我可以抠出双眼并将它们吞吃下去,
我便一定这样做,为了你哀恸橙树般的嗓音,
为了在诞生时发出吼叫的你的诗句。

因为,因为你,医院会被漆成湛蓝,
学校和海滨街区会壮大,
受伤的天使会长齐羽毛,
新婚的鱼儿会覆满鳞片,
刺猬会慢慢飞上天:

[①] 费德里科·加西亚·洛尔迦(Federico García Lorca, 1898—1936),西班牙诗人、剧作家、散文家,"27一代"重要成员,被认为是20世纪西班牙最具有影响力的诗人之一,所著戏剧作品亦被认为代表了该国20世纪戏剧巅峰水平。聂鲁达与加西亚·洛尔迦于1933年在布宜诺斯艾利斯相识,次年聂鲁达以智利领事身份前往西班牙,在马德里与"27一代"为中心的一众文艺界人士结下了深厚友谊。本诗于1935年出版,次年,加西亚·洛尔迦被发动政变的国民军(共和派称其为"叛军")杀害。

披挂黑纱的裁缝店
会被塞满勺子和鲜血,
会吞下残损的丝带,用尽生命亲吻,
并穿上一袭白衣。

当你身披桃花飞翔,
当你抖落飓风中米粒般的笑意,
当你摇振血管和牙齿、
喉咙与手指来歌唱,
我会为你的甜而死去,
会为你在秋日正中
与一匹跌落的骏马和一位染血的神明
共居的红色湖泊而死去,
会为在夜晚窒息的钟声间,
如灰烬之河般
携卷水与坟墓的
墓园死去:
河水浓稠,如受伤战士的
卧房,突然猛涨
涌向河里的死亡,带着大理石号码,
腐烂的王冠,还有葬礼圣油:
我会为在夜里

望见溺亡十字架漂过的你而死去,
你站着,在哭,
面对死亡之河的你
不管不顾、满心伤痛地哭泣,
哭了又哭,眼里涌满了
泪,泪,泪。

假如可以在夜里,迷路一般孤独一人,
在铁轨和蒸汽上
用一只黑色漏斗,
咬噬尘灰,
收集遗忘、阴影与迷烟,
我便一定这么做,为了你生长于其中的树木,
为了你聚起的金水巢,
为了裹覆你骨骼、悄然
向你倾诉夜之秘密的藤蔓。

散着潮湿洋葱气息的城市
等待你携着沙哑歌声走过,
静默的精液船舶追逐你,
绿色的飞燕在你发间筑巢,
蜗牛和星期,

卷曲的桅杆和樱桃树，
一定都会流转，当你探出
拥有十五只眼的苍白的脸
和浸满鲜血的嘴。

假如我可以往市政府塞满油烟，
啜泣着毁掉时钟，
我是为了看看
双唇碎裂的夏日何时会来到你家，
看看身着垂死衣衫的人群，
笼罩悲哀光辉的地区，
僵死的犁头和虞美人，
掘墓者与骑士，
行星和染血的地图，
覆满尘灰的古船，
拖拽着被长刀刺穿身体的少女的
蒙面人，
根茎、血管、医院，
泉水、蚂蚁，
床铺上蜘蛛间孤独轻骑兵死去的
那个夜晚，
一枝长满恨意和大头针的玫瑰，

一条发黄的船，

一个有风有孩子的日子

何时会来到你家，

看看我，还有奥利维里奥、诺拉，

维森特·阿莱克桑德雷，德利娅，

玛鲁卡、玛尔瓦·玛利娜、玛利亚·路易莎和拉尔科，

"金发姑娘"、拉法埃尔、乌加尔特，

科塔波斯、拉法埃尔·阿尔贝蒂，

卡洛斯、"宝贝"、马诺罗·阿尔托拉吉雷，

莫里纳利，

罗萨莱斯、孔查·门德斯[①]，

[①] 此处出现人物为：

奥利维里奥·希龙多（Oliverio Girondo，1891—1967），阿根廷诗人，布宜诺斯艾利斯先锋派重要人物。

诺拉·兰赫（Norah Lange，1905—1972），阿根廷先锋派小说家、诗人。与奥利维里奥·希龙多于1943年结为夫妻。

维森特·阿莱克桑德雷（Vicente Alexandre，1898—1984），西班牙"27一代"重要诗人，被聂鲁达称为"无尽维度之诗人"。1977年获诺贝尔文学奖。

德利娅·德尔·卡里尔（Delia del Carril，1884—1988），绰号"小蚂蚁"，阿根廷版画家和画家，聂鲁达第二任妻子。

玛鲁卡·安东涅塔·阿赫纳尔（Maruca Antonieta Hagenaar，1900—1965），荷兰裔，在印度尼西亚与以外交官身份驻派该国的聂鲁达相识并成为其第一任妻子。

玛尔瓦·玛利娜（Malva Marina，1934—1943），聂鲁达与玛鲁卡之女。

（转下页）

还有其他被我忘记的人，

何时会来到你家。

来吧，让我为你戴上桂冠，属于健康

属于蝴蝶的年轻人，如永远自由的

黑色闪电般纯粹的年轻人，

来和我们一起谈话，

现在，岩石间的人已经走光，

（接上页）玛利亚·路易莎·邦巴尔（María Luisa Bombal，1910—1980），智利作家、剧本作家。

豪尔赫·拉尔科（Jorge Larco，1897—1967），阿根廷画家、舞台设计师。曾与玛利亚·路易莎·邦巴尔有过一段婚姻。

"金发姑娘"应为萨拉·托尔努（Sara Tornú），阿根廷人，聂鲁达友人。

拉法埃尔·罗德里格斯·拉朋（Rafael Rodríguez Rapún，1912—1937），西班牙演员，加西亚·洛尔迦密友、伴侣。在前者被杀害后参军捍卫共和，并于次年战死。

爱德华多·乌加尔特（Eduardo Ugarte，1900—1955），西班牙作家、剧作家、电影导演，1939年后流亡墨西哥。

阿卡里奥·科塔波斯（Acario Cotapos，1860—1927），智利政治人物。

拉法埃尔·阿尔贝蒂（Rafael Alberti，1902—1999），西班牙诗人，"27一代"重要成员。

卡洛斯·莫尔拉·林奇（Carlos Morla Lynch，1888—1969），智利外交官，加西亚·洛尔迦好友。"宝贝"为他妻子绰号。

马诺罗·阿尔托拉吉雷（Manolo Altolaguirre，1905—1959），西班牙诗人、作家，"27一代"成员。

里卡尔多·E.莫里纳利（Ricardo E. Molinari，1898—1996），阿根廷诗人。

路易斯·罗萨莱斯（Luis Rosales，1910—1992），西班牙诗人、散文家。

孔查·门德斯（Concha Mendes，1898—1986），西班牙诗人、剧作家。

你做你,我做我,让我们简单谈谈:
如果不为晨露,诗句该为何而生?

诗句为何而生?如果不是为那个
苦涩匕首前来刺探我们的夜,如果不是为那一日、
那段黄昏、那个人的被重击的心脏准备赴死
的破碎角落。

尤其是夜晚,
夜晚有许多星,
全撒在一条河里,
仿佛塞满穷人的房屋的窗户旁
挂着的布条。

他们有人死了,或许
失去了办公室里的、
医院里的、升降机里的、
矿洞里的工作,
被持续伤害的人备受煎熬,
愿景和呜咽随处可见:
星星在永无终结的河里奔跑时,
窗内有无尽的呜咽,
门槛被哭坏了,

卧室被哭湿了,
水浪般漾来的呜咽啃咬着地毯。

费德里科,
你看见了世界、街道,
和醋,
看见了车站里的告别,
当烟气抬起坚定的车轮,
而前方只有
离别、石子与轨道。

有无数人到处发问。
血淋淋的盲人、暴躁的人,还有
泄气的人,
悲惨的人,指甲的树,
和背着嫉妒的强盗。

生活就是这样,费德里科,在这里你拥有
我,这个忧郁的阳刚男子的友谊
可以提供给你的东西,
很多东西你自己已经知道,
其余的,你也会慢慢明白。

第三居所

(1934—1945)

我来解释一些事[①]

你们会问：丁香在哪儿？
覆满虞美人的形而上学在哪儿？
常常敲打诗句
用孔洞和鸟雀
将它们填满的雨水在哪儿？

我要为你们讲述我身上发生的一切。

那时，我住在马德里的
一个街区，有钟声，
有钟表，有树。

从那里能望见
卡斯蒂利亚干枯的面庞

[①] 选自诗集《第三居所》中的组诗《西班牙在我心中》(1936—1937)。

仿佛皮革的海洋。
　　　　　　我的家被唤作
鲜花之屋,因为到处
都有怒放的天竺葵:那是
一栋美丽的房子
有狗也有孩子。
　　　　　　劳尔,你可曾记得?
你可曾记得,拉法埃尔?
　　　　　　费德里科,你在地下
可曾记得,
你可曾记得我的有阳台的家,记得那里
六月的日光曾将鲜花淹没于你口中?
　　　　　　　　兄弟,兄弟!
一切
都是宏大的声音,商铺的盐,
堆在一起的跳动的面包,
我们阿尔桂耶街区的市场——它的雕塑
像无须鳕间黯淡的墨水瓶——:
油淌入勺中,
手脚深邃的律动
填满街道,
一米米、一升升,生活

真正的精髓,
　　　　鱼鲜堆积,
篷顶背负阳光的寒凉,
布面因疲惫而低垂,
马铃薯细腻的象牙白令人疯狂,
番茄层层叠叠延伸至海。

一个上午,一切都在燃烧,
一个上午,火堆
钻出地面
吞噬生灵,
从那时开始,火,
火药,从那时开始,
从那时开始,血。

开飞机的带着摩尔人的强盗,
戴指环的携公爵夫人的强盗,
正在祝祷的黑衣修士强盗
都从天而降来杀害儿童,
街上儿童的鲜血
只是在流淌,如儿童的鲜血。

连豺狼都会拒绝的豺狼,

干刺菜咬一口也要吐出来的石头,

连蛇蟒都会痛恨的蛇蟒!

在你们面前我看见西班牙的

血涌起,

要用一排——仅一排——骄傲和刀刃的

浪将你们淹没!

叛徒

将军们:

看看我死去的家吧,

看看破碎的西班牙:

从每一个死去的家中都会长出炽烈的

金属而不是花朵,

从西班牙的每一个孔洞都会

长出西班牙,

从每一个死去的孩子身上都会长出带眼睛的步枪,

从每一桩罪行中都会生出子弹

它有一天终将找到

你们的心脏。

你们会问,为什么他的诗歌
不与我们谈论梦境,谈论枝叶,
谈论他故国的宏伟火山?

请你们来看看街上的血,
来看看
街上的血,
来看看街上的
血!

漫　歌

(1938—1949)

爱

亚美利加

(1400) ①

在假发和礼服之前,
是河,血管般的河:
是山脉,它残损的波峰上
康多兀鹫与白雪静止不动:
是潮湿和浓密,是尚未拥有
名字的雷声,行星般壮阔的草原。

泥土人②是瓶罐,是颤抖黏土的
眼睑、陶土的形状,

---

① 以下6首诗选自组诗《大地上的灯盏》。
② 美洲多个原住民文明都有泥土创世、泥土造人的传说,其中玛雅文明基切人圣书《波波尔·乌》(*Popol Vuh*)曾描述,诸神用泥土创造了第一个人,此后又尝试用木材造人,但这两者都未能令他们满意。最终,他们使用玉米创造了"适合生存的""真正的人"。

是加勒比坛罐，奇布查①石刻，
是帝国杯盏或阿劳科②硅石。
然而他柔软而血腥，只是在他
潮湿的晶石武器的手柄之上，
那泥土之名的标记
早已被刻下。

   然而后来再没有人
能记起它们：风
将它们遗忘，水的语言
被土掩埋，密匙已丢失
或已淹没于寂静或鲜血。

然而生命并未丢失，牧人兄弟们。
只是，如一朵野玫瑰，
一滴红落入了浓密
于是大地上熄灭了一盏灯。

---

① 奇布查（Chibcha），哥伦比亚原住民族穆伊斯卡（Muisca）别称，传统上居住于坤迪博亚卡高原。
② 阿劳科（Arauco）即阿劳卡尼亚历史地区（Araucanía），为马普切人分支伍卢切人（Nguluche）旧时智利聚居区的西班牙语名称。

我在这里,是要讲述历史。

从水牛的和平

讲到大地尽头

被抽打的沙粒,在南极

之光积聚起的泡沫中,

在委内瑞拉幽暗和平的悬崖巢穴里,

我找寻过你,我的父亲,

铜与黑暗的年轻战士,

哦,你,新婚的植物,不羁的长发,

鳄鱼母亲,金属飞鸽。

我,淤泥中的正统印加人,

抚摩着石块,说:

谁

在等我?接着攥紧

手中空洞的晶石。

我走在萨波特克①的花朵间,

日光甜美如鹿,

林荫如绿色的眼睑低垂。

---

① 萨波特克文明(zapoteca)为前哥伦布时期美洲原住民文明,主要分布于现墨西哥瓦哈卡州。

没有名字的我的土地,没有"亚美利加",
春秋分时节的雄蕊,深紫的长矛,
你的芬芳从我的根
爬上了我啜饮的杯盏,爬上了尚未
在我口中诞生的最纤薄的词语。

植　物

从其他疆域，风降临
在没有名字没有编码的土地，
带来细雨天丝，
被浸透的祭坛上的神祇
于是归还了鲜花与生命。

时间在肥沃里生长。

蓝花楹托起
海另一边的明媚聚成的浮沫，
南洋杉高举多刺的长矛，
成就了反抗冰雪的壮阔，
原始的桃花心木从高耸的树冠
蒸馏出鲜血，
落叶松之南的
雷鸣树、红树、

尖刺树、母亲树、
朱砂鸡冠刺桐、橡胶树,
是土地的体量,是声音,
是领土的存在。
一种蔓延开来的崭新香气
透过土地的
缝隙,填满化作
烟雾与芬芳的呼吸:
野生的烟叶托起了
幻想空气的蔷薇。
如一支头顶火焰的长矛,
玉米出现了,它颀长的身体
一粒粒剥落,而后重生,
将它的粉末播撒各地,它根下
埋葬着亡者,
而后,又在自己的摇篮中守望
一众植物神明的成长。
层层峻岭,茫茫平原,它播撒
风的种子
在山脉的羽毛之上,
幼芽与柄蒂的浓光,
盲目的曙光,被

不可抑制的多雨纬度,

被天泉笼罩的夜晚,

被清晨涌动的蓄水池所带来的

大地油膏滋养。

而在如星球表面薄板的

片片平原之上,

在清凉的星辰村镇之下,

草木之王商陆①拦截

自由的空气、低语的飞翔,

紧攥大草原枝叶与根茎的缰绳,

骑在了它的身上。

丛莽亚美利加,

海间的野莓,

你在极地到极地间轻晃,

你的浓密是绿色的珍宝。

黑夜萌发

于戴神圣面具的城市,

于喧嚷的木头,

于遮盖原初的岩石、遮盖一次次诞生的

---

① ombú,商陆科木本植物,别名"美影木",树形高大,枝繁叶茂。

宽大叶片。
绿色子宫,亚美利加的
种子草原,浓密的宝库,
一根枝条诞生宛如一座岛屿,
一枚叶片形如刀剑,
一朵花是闪电是水母,
一串果实圆满了它的结局,
一条长根向下探入了黑暗。

一些野兽

是鬣蜥的黎明。

从彩虹脊冠,
它的舌飞镖般
没入一片青绿,
修士般的蚁群
用悦耳的脚踏过雨林,
高贵的原驼仿佛
深暗广阔高地的空气,
踏着金靴前行,
羊驼则睁开纯真的
双眼,在覆满露水的
世界的轻柔面前。
霞光的堤岸边群猴
推倒花粉高墙,
吓散塞浦路斯闪蝶

深紫的飞舞,

织出一条

绵延无尽的情色长线。

是纯粹的繁衍的夜,

兽鼻从淤泥探出,

慵懒沼泽中

盔甲的一声闷响,

它便回到了陆上的源头。

美洲豹磷光闪闪的缺席

轻触叶片,

美洲狮在枝条间的奔跑

如贪婪火舌,

任雨林醉醺醺的双眼

在它身上燃烧。

貘抓着河水的脚,嗅着巢,

其中跳动的美味

将会遭到它红色健齿的噬咬。

在雄浑的水的深处,

如地球的圆,

盘踞着

周身涂抹仪式泥浆的巨蟒,

如饥似渴,虔诚庄严。

群鸟到来

我们的土地上,一切都是飞翔。
宛如血滴和羽毛的
北美红雀染红
阿纳瓦克①的黎明。
大嘴鸟是盛满釉彩水果的
可爱盒子,
蜂鸟收藏了闪电
原初的火花,
它微小的团团篝火
在静止的空气燃烧。

高贵的鹦鹉填满
枝叶深处,
仿佛刚从沼泽湿地的

---

① Anáhuac,那瓦特尔语,意为水间陆地,指墨西哥谷,为该国中部高原。

泥浆间冒出的
祖母绿石胚，
圆眼里
黄色圆环向外张望，
陈旧如矿。

天空中的所有飞鹰
都在未被栖居的湛蓝里
喂养自己血腥的门第，
凌驾于其他食肉猛羽之上
飞翔于世界顶空的
是康多兀鹫，杀手之王，
苍穹孤僧，
白雪的黑色护身符，
驯鹰术的飓风。

灶鸟的工程技巧
令芳香的泥土变成了
嘹亮的微小剧院
随后它现身，并歌唱于其间。

夜鹰

将声声被浸润的叫喊
抛向溶井的水岸。
智利鸽筑起
粗糙的荆棘鸟巢
在那里留下极美的礼物：
它的烧蓝鸟蛋。

长尾草地鹨，散发香气的
秋日甜美木工，
展示着它布满猩红星座的
繁星胸脯，
红领带鸫则举起了
它刚从水的永恒里
打捞出的长笛。

还有，白睡莲一样柔润的
火烈鸟打开了它
玫瑰色主教座堂的大门，
霞光般，抛弃
并远离了窒闷的树林，
林间缀满绿咬鹃的
宝石，它很快就会醒来，

开始挪动、出发、闪耀,
令自己纯净的火焰飞升。

一座海洋山岭腾空
飞向群岛,一轮禽鸟
明月经过秘鲁
发酵的岛屿,
一路向南。
那是一条鲜活的暗影之河,
是无数微小心脏
组成的彗星,
它蒙住了世界的太阳,
拖着沉重的尾巴,
跳动着,奔向那片群岛。

在狂暴之海的
尽头,在大洋的雨水之间,
信天翁的翅膀浮现,
那是由盐组成的两个系统,
在寂静里,
在阵阵暴雨中,
用它广博的等级观念,
筑建起种种孤独的秩序。

河流涌来

被湛蓝之水与透明液滴

冲击的,河流的爱人,

你,啃咬苹果的黑暗女神的

幽灵,仿佛一棵静脉之树:

那时你赤裸着醒来,

已被河流文了身,

在潮湿的高地,你的头

为世界缀满了新的露珠。

水在你的腰间颤抖。

你由泉水铸造,

有湖泊在你的前额闪耀。

从自身母性的浓密里,你捧起

生命泪滴之水,

在沙地间,你拖拽起河床,

经过行星的夜,

穿过膨胀的粗粝石块,

一路击碎一切
地质的盐,
切断遍地坚实墙壁的密林,
拨开石英层层叠叠的肌肉。

人

矿物人,如
陶土的杯盏,
由石头与空气铸就,
洁净如罐,掷地有声。
月亮揉捏着加勒比人,
抽取出神圣的氧气,
捣碎了花朵与根茎。
岛屿人用
硫黄色的彩条蜗牛编织
枝叶与花环,
并吹响海螺
在布满泡沫的海岸。

塔拉乌马拉人[①] 身披荆棘

[①] 塔拉乌马拉人(Tarahumara)为聚居于墨西哥契瓦瓦州的原住民族群,今为北美最大的原住民群体之一。

在西北的土地上

用血和燧石创造了火焰,

与此同时,宇宙

在塔拉斯卡①的黏土中

再一次缓缓诞生:

情爱土地的神话,

潮湿的繁密里

性爱的泥浆与熔化的果实

将成为诸神的态度

或坛罐的薄壁。

如炫目的雉鸡,

祭司走下

阿兹特克的石梯。

三角楼阶

支撑着盛装上

无穷的闪电。

---

① 塔拉斯卡(Tarasco),普雷佩查帝国(Iréchecua Tzintzuntzáni)旧称,为墨西哥原住民古王国,疆域大致涵盖今日墨西哥米却肯州、哈利斯科州、瓜那华托州部分领地。西班牙殖民者于16世纪到达中美洲时,普雷佩查帝国是当地仅次于阿兹特克的第二大国。

而庄严的金字塔,
石与石,弥留与空气,
在它统领一切的结构里
保守着如杏仁儿的
一颗被献祭的心。
如嗥叫的一声惊雷响起,
鲜血泼落
神圣的石阶。
然而众部落的人群
仍织着植物的纤维,守着
丰收的未来,
编着羽毛的光芒,
并劝服了绿松石,
在攀爬的针织物里
表达尘世的熹光。

玛雅人,你们早已
推倒了智慧树。
伴随谷仓的气味,
架起了审判
与死亡的结构,
将黄金新娘

抛入溶井①，

并凝望其中萌芽的驻留。

奇琴，你的声响生长

于雨林的黎明。

人们的劳作

在你黄色的城池

造就蜂巢的对称，

思想威胁着

墩座上的鲜血，

在暗处拆毁着天空，

引领着医学，

并在石块上书写。

那时的南方是金色的奇异之地。

天空之门旁马丘比丘

高耸的孤寂

盛满了油与歌，

人早已摧毁了山巅

---

① 奇琴伊察（Chich'en Itza），玛雅文明古城，拥有 3 个终年提供充足水源的溶井，其中之一被玛雅雨神信奉者视为圣地。相传在大旱时期会用少女（亦有说法为男性）与黄金、玉石等珍宝献祭。

巨鸟的居所,
在群峰间的崭新疆土里,
农人用被白雪冻伤的手指
抚摩着种子。

库斯科在黎明醒来,宛若
高垒与谷仓的王座,
那苍白的人影
曾是世界的思想之花,
在他摊开的双手中颤动着
紫晶帝国的王冠。

高原玉米
在梯田上萌发,
火山小径上
杯盏与诸神同行。
农业染香了
厨房王国,
在屋顶之上铺展开
脱了壳的太阳的披风。

(甜美的人,山峦之女,

血统、高塔、绿松石,
现在请合上我的眼
在我们去大海之前——
痛苦正是从那里而来。)

那片蓝色雨林曾是岩洞,
在树木与黑暗的神秘里,
瓜拉尼人①的吟唱就像
午后升起的烟,
枝叶上的水,
满盈爱意之日的雨,
紧挨着河流的悲哀。

无名的亚美利加的深处
阿劳科曾在激涌
水流间,被这星球的
全部寒意推远。
现在,请看看伟大而孤独的南方吧。
高空不见雾烟。

---

① 瓜拉尼人(Guarani)为南美洲原住民族群,传统聚居地为巴拉圭、阿根廷米西奥内斯省、巴西南部、乌拉圭及玻利维亚部分地区。

只见积雪
与被阿劳科人的粗粝
所拒绝的疾风。
请不要在那片浓绿之下寻找
陶土作坊里的歌声。

一切都是水和风的寂静。

然而林叶之上有勇士守望。
落叶松间一声高喊。
一双美洲豹的眼
在皑皑白雪之巅。

看看那正在休息的长矛。
听听那被利箭穿过的
空气的倏倏呢喃。
看看那胸那腿
那乌暗长发
在月光下闪闪发亮。

看看勇士们的空洞。

没有人。迪卡雀啁啾。
如纯净夜里的水。

康多兀鹫黑色的飞行划过。

没有人。你听见了吗?是
美洲狮掠过了空气与叶片。

没有人。听。听听树,
听听阿劳科的树。

没有人。看看石头。

看看阿劳科的石头。

没有人,只有树。

只有石头,阿劳科。

马丘比丘之巅

一

从空气到空气,如一张空网,
我在街巷与大气间,一次次抵达又告别,
告别秋日降临时树叶
伸展开的金币,还有春日与谷穗间
最伟大的爱(仿佛在一只落下的手套里)
留给我们的,如一轮长月的馈赠。

(鲜活明耀的日子,在风雨无常的
身体里:化成
寂静浓酸的钢:
被撕成粉末的夜:
新婚祖国被蹂躏的雄蕊。)

曾在小提琴间等候我的人

找到了一个世界，它如被掩埋的高塔，
让自己的螺旋沉落，低过
所有粗粝硫黄色的叶片：
更深处，在地质黄金里，
仿佛被风雨雷电裹身的一把利剑，
我将自己躁动而温柔的手
埋入了大地生殖力最强的所在。

并将前额置于深邃的浪间，
如液滴落入硫黄般祥和，下沉
如一位盲人，回到了
破损的人间春日的茉莉园。

二

花儿将高贵的幼芽交予花儿，
岩石将散落的花朵
留在饱经锤炼的钻石与沙土的外衣，
人则揉皱了从某几口海泉中
拾起的光的花瓣，
并钻穿了手中跳动的金属。
随即，在衣物和烟气间，在沉没的桌子上，

如被洗过的纸牌，灵魂显露出来：
石英，失眠，海洋中的泪
仿佛冰冷的池水：然而仍要请你
用纸张用仇恨将它杀死，令它奄奄一息，
让它沉没在日复一日的地毯，把它撕碎
在铁丝网恶意满满的衣裙。

不：在走廊、空气、大海或路上，
还有谁赤手空拳保守着自己（如鲜红的
虞美人）的血液？狂暴的怒火令
人口贩子的商品更加虚弱，
李树的高处，一滴露水
自千年之前便在同一根等候它的细枝
留下了它透明的信笺，哦，心呵，哦，粉碎的
　前额，
在秋日的一个个穴洞间。

多少次，在一座城市的冬日街巷或在
日暮时的公交车或航船上，或在最浓稠的
孤独——一个派对之夜的孤独里，在影子
与钟摆的声响中，在人类欢愉的同一个岩洞内，
我曾想停下来去寻找，寻找从前在一块石头上

或在脱落于一个吻的闪电中碰触过的
那深不可测的永恒矿脉。
（谷物里的，仿佛一段关于饱满的小小乳房的
金黄历史，不断重复的密码是恒定不变剥落在
象牙白上的、胚芽层绵延的温柔；
水中的，是透明的祖国，钟声
自与世隔绝的白雪一直传到淋淋鲜血的海浪。）

那时我能抓到的只有一串脸庞或匆忙的
假面，它们像空洞黄金的指环，
像暴戾秋日的凌乱衣衫，
让惊惧之人的可怜树木
不住地抖颤。

我无处让手休息，
无论它流动如相连的泉水
或坚固如凝块的硬煤，或水晶，
都没有什么能归还我掌心的火热与冰凉。
人究竟是什么？在仓库与哨音间他们对话的
哪一部分，在他们金属运动的哪一片段，
生存着坚不可摧、不朽、人生？

三

生者如玉米,剥落在失落事物

和悲惨事件的

永不耗竭的谷仓,从一到七,再到八,

不是一次而是许多次死亡降临在每个人身上:

每天一次小型死亡,尘灰、蛆虫、灯盏

熄灭在郊外的烂泥,一场羽翼壮硕的小型死亡

插入每个人的身体如一支短矛

而人,被面包或尖刀围困,

牧人:港口之子,或耕地的黑暗统帅,

或拥挤街道上的啮齿目动物:

所有生者都精疲力竭等待自己的死亡,每日短暂

 的死亡:

而个人每日的不幸悲苦

就像他们颤抖着饮下的一杯黑浆。

四

强大的死亡曾邀请过我多次:

就像海浪中不可见的盐,

它不可见的味道所播撒的

是一半沉陷一半高地，
或疾风与暴雪所建筑的气派楼宇。

我来到铁的利刃，来到空气的
隧道，来到农田与山石的裹尸布，
来到末路星辰的虚空，
来到令人晕眩的螺旋公路：
然而，广阔的海，哦，死亡！你的到来并不像连
　　绵波浪，
而像夜般明澈的疾驰，
或整个无尽长夜。

你从不搜人的口袋，如果
没有红色衣裳，
没有封闭的寂静中朝霞的光毯，
没有被埋葬的高贵眼泪的遗产，
你便不来。

我无法去爱的是：每个生灵中都有一棵
扛着微小秋日（上千叶片的死亡）的树，
无法去爱一切没有土地没有深渊的
虚假死亡和重生：

我曾想在最宽广的生命
最松散的河口中游泳,
当人们逐渐开始拒绝我,
慢慢锁上通道和门窗以免
我清泉般的双手去碰触他不存在的伤,
我便转身来到街和街,河与河,
城市与城市,床铺和床铺,
我咸涩的面具穿过沙漠,
在最后几间卑微的屋宅中——没有灯,没有火
没有面包,没有石头,没有寂静,孤身一人,
我因自己的死滚落向死亡。

五

你,深重的死亡,铁羽的禽鸟,
不曾是那些房间可怜的继承者
在仓促的吃食间、在空洞的皮囊里携带的东西:
它是些别的,一片花瓣般的绳索残余:
是没有参与战斗的胸膛中的一粒原子
或是没有落在前额的一颗粗粝露珠。
它是不能重生的东西,是那既无和平亦无领地的
微型死亡上掰下来的一小块:

是它体内死去的一根骨头、一口钟。
我掀起碘伏绷带,将双手浸没
在杀死死亡的微薄痛楚深处,
只觉伤口一阵凉意
正钻入灵魂空洞的缝隙。

六

于是,我沿大地的阶梯
在失落雨林凶残的灌木间攀爬
至你面前,马丘比丘。

布满石阶的高耸的城,
未将泥土藏于沉睡衣装下的
人们的终极居所。

在你之中,如两条平行的线
人与闪电各自的摇篮
在棘风中摇荡。

山石的母亲,康多兀鹫的泡沫。

人类曙光高耸的礁石。

丢在第一堆沙中的铁铲。

是彼时的居所,是此时的此地:
粗大的玉米粒如红色的冰雹,
曾在这里升起,又落去。

那时,这里的金线自羊驼而出,
装扮爱情、坟丘、母亲,
国王、祷词、战士。

那时,这里的夜晚,人的双脚
在山巅食肉的洞穴,与雄鹰的爪
一同休息,曙光环绕,
又同雷电的双足一起踏过稀薄的雾气,
踩过大地与山石,
直到在黑夜或在死亡里也对它们熟悉。

我望着衣装和手,
轰鸣的岩洞中的水痕,
因为一张面庞的抚摩而和润的墙壁,

——那张脸曾用我的眼望过大地的灯盏,
曾用我的手为消失的木梁
涂抹油膏:因为一切、衣服、皮肤、瓦罐、
词语、美酒、面包,
都已离去,落入了土地。

空气钻进来,用橙花手指
掠过所有睡着的事物:
一千年、一月月、一周周的空气,
蓝风,铁的山岭,
如轻柔的飓风过境,
磨亮了山石孤寂的领地。

七

同一深渊的亡者,同一深邃洼地的
暗影,在你们的雄伟之上,
真正的、无比炽烈的
死亡就这样
降临了,你们自被钻穿的石块,
自猩红的柱头,
自梯状的渡槽,

轰然倒下，像倒在了一个秋天，
倒在了同一次死亡。
今天，空荡的空气已不再哭泣，
已不再认得黏土做的你们的双脚，
已忘记了当闪电的尖刀泼撒
你们用来过滤天空的坛罐，
气势逼人的巨木已被雾气
吞食，被疾风斩断。

它所撑起的一只手突然跌落，
自高处坠至时间尽头。
你们已不再是蜘蛛的脚、脆弱的
线、被揉乱的布：
你们曾是的一切都坠落了：种种习俗、被磨损的
音节，散发耀眼光芒的面具。

然而石块和词语得以保存：
城市如杯盏，在所有人手中
被举起，活人、死人、沉默的人、被无数死亡
支撑的人，一堵墙，被无尽生命支撑的人，一捧
岩石花瓣：永恒的玫瑰，居所：
冰寒聚居地中的安第斯礁石。

当黏土色的手
变成黏土,当载满糙墙
布满城堡的窄小眼睑合上,
当人被卷入自己的窟窿,
留下来的是被高举的精确:
人类曙光之巅:
装载着寂静的至高容器:
那么多生命之后石块的生命。

八

请同我一起上来,亚美利加,我的爱。

请同我一起亲吻隐秘的石块。
乌鲁班巴① 汹涌的银
令花粉飞向了它黄色的杯盏。

藤蔓的空洞,

---

① 乌鲁班巴(Urubamba),秘鲁市镇,位于库斯科与马丘比丘之间的乌鲁班巴河谷。

岩石的植物，坚硬的花环
飞翔在河谷的寂静上空。
来吧，微小的生命，在大地的
羽翼间，伴随——晶石与凉意，震荡的空气——
冲开退败松石的水，
哦，蛮野的水，你自冰雪而来。

我的爱，我的爱，直到陡峭的夜，
从安第斯轰鸣的燧石，
朝向曙光红肿的膝盖，
请好好看看失明的冰雪之子。

哦，水丝洪亮的维卡马羽河，
当你将自己如雷声的线条摔碎成
白色泡沫仿佛冰雪伤痕，
当你峭壁的疾风
歌唱、鞭笞，叫醒苍穹，
你把何种语言带给了
刚从你的安第斯泡沫中拔出的这只耳朵？

是谁俘获了冰冷的闪电
并将它锁在山巅，

把它分发给冰寒的泪水,
让它颤抖在迅疾的剑端,
捶打它久经沙场的雄蕊,
引它爬上自己勇士的床沿,
令它在自己的岩石结局里心惊胆寒。

你被追逐的光点想说些什么?
你叛逆的秘密闪电
可曾满载语词远游他方?
是谁打碎了冰寒的音节,
黑色的语言,黄金的旗,
深邃的口,窒息的呼喊,
在你命脉的细流间?

是谁在一点点斩断在大地上
睁眼张望的鲜花眼睑?
是谁催促着从你瀑布般的双手
滑脱的已死的串串果实,
让他们在散落的黑夜散落在
地下的黝黑煤炭间?

是谁抛下了系结纽带的枝条?

是谁再一次埋葬了道别?

我的爱,我的爱,不要去碰触边界,
也不要仰慕被淹没的头颅:
让时间完成它的高度
在它破碎泉源的沙龙。
要在疾水和墙垣间
收集隧道的空气,
平行的风的薄片,
山脉失明的沟渠,
露珠粗粝的问候,
而后,从花朵到花朵,踩着
自悬崖跌落的蛇蟒,顺浓密登攀。

在崎岖的山地,石块与密林,
绿色星辰的尘灰,清透的雨林,
红色的果实爆裂如鲜活的湖泊
或寂静无声的崭新地板。

来吧,来到我自身的存在,我的黎明,
直至那些已加冕的孤独。
而死去的王国仍继续存活。

钟表之上康多兀鹫的

血影划过，宛如一艘黑色船舰。

九

星辰的飞鹰，雾的葡萄园，

失落的堡垒，盲眼的弯刀。

繁星的腰带，庄严的面包。

激涌的阶梯，宽广的眼睑。

三角形的长衫，石头的花粉。

花岗岩的灯盏，石头的面包。

矿物的蛇蟒，石头的玫瑰。

被掩埋的船舰，石头的源泉。

月亮的骏马，石头的光。

春秋分矩尺，石头的蒸汽。

终极几何学，石头的书籍。

急雨雕刻的冰山。

沉没的时间的石珊瑚。

被手指抚软的墙垣。

被羽毛压垮的屋顶

一串串镜子，一片片风暴的基底，

被藤蔓掀翻的王座。

暴怒利爪的政权。

斜坡托起的劲风。

静止的绿松石瀑布。

昏睡者的族长洪钟。

被驯服的白雪的圆环。

倚靠在自己雕像上的铁器。

无法触及的闭锁的风暴。

美洲狮的利爪，血淋淋的岩石。

如尖帽的高塔，白雪的争执。

在手指与根须间被举起的夜。

雾霭的窗，僵化的鸽子。

夜间的植物，雷声的雕塑。

根本的山脉，海洋的屋顶，

失落飞鹰的建筑师。

天空的绳索，山巅的蜜蜂。

血腥的等级，造出的星辰。

矿物的泡沫，石英的月亮。

安第斯蛇蟒，苋菜的额头。

寂静的屋顶，纯粹的祖国。

大海的新娘，主教座堂之木。

一把海盐，黑翅樱桃树。

冰寒的牙齿,冰冻的惊雷。
被划伤的月亮,慑人的石头。
寒冷的长发,空气的行动。
手掌的火山,黑暗的瀑布。
银色的波浪,时间的方向。

十

石头曾在石头里,人,曾在哪里?
空气曾在空气里,人,曾在哪里?
时间曾在时间里,人,曾在哪里?
你也曾是未竟的人、虚空的苍鹰身上掉落的
一块碎片,
在今日的街道上、遗迹间,
在死去的秋日的叶片里
慢慢将灵魂捣碎至墓地?
可怜的手、脚,可怜的生命……
光被撕碎落在
你身体仿佛细雨落在节庆的彩旗,
这样的日子可曾一瓣一瓣将它黑暗的吃食
送入空洞的口中?
    饥饿,人的珊瑚,

饥饿，隐秘的植物，砍柴人的根，
饥饿，可曾举起你条纹状的礁石
将它们推到了这些倒塌的高塔脚边？

我向你发出诘问，路上的盐，
请让我看看勺子，请让我，建筑，
请让我用一根细棍摧残石头的雄蕊，
让我攀上所有空气台阶直至虚空，
让我抓扯脏腑直至触到人类。

马丘比丘，你将
石头放入了石头，在地基中，却放入了碎布？
将煤摞在了煤上，最深处，却注入了泪水？
将烈火放入了黄金，火中，却是颤抖的硕大
鲜红血滴？
请把你埋葬的奴隶还给我！
请从大地中摇出穷苦人的
冷硬面包，请让我看看那奴仆的
窗户和衣裙。
请告诉我他活着时如何睡去。
告诉我他的梦
是否酣甜，是否半开半掩，仿佛疲惫

在墙上凿出的黑坑。

墙,墙!他的梦之上是否

压着层层石砖,梦中的他是否

会在石下跌倒,与在月下一样!

古老的亚美利加,沉没的新娘,

还有你的指头,

当它们离开雨林,攀向诸神高悬的虚空,

在光与庄严的新婚旗帜下,

与鼓和矛的雷声相融相合,

还有,还有你的指头,

被抽象的玫瑰与寒凉的线条,

被新谷物血腥的胸膛

移到了明亮材质的布匹,移到了坚硬的空穴,

还有,还有,被埋葬的亚美利加,在最深处,

在最涩苦的脏腑,你是否,如一只鹰般,保留着
　　饥饿?

十一

穿过迷乱的辉光,

穿过石头的夜,让我浸没我的手,

让被遗忘之人的朽迈心脏,如被囚千年的飞鸟

在我体内跳动。

今天，请让我忘记这幸福，它比海更宽广，

因为人比海比它的岛都更广阔，

需要落入其中仿佛落入水井，才能

携一束隐秘水流、一束被淹没的真理从深处离开。

请让我忘记，宽大的巨石，强势的体量，

超然的尺度，蜂巢的石块，

今天，让我的手沿三角尺上

粗粝之血与苦行衣衫的斜边滑下，

当愤怒的康多兀鹫如红色鞘翅的蹄铁

在飞行的秩序中反复踢打我的太阳穴，

当食肉羽翼的飓风卷走对角线石阶上

阴郁的尘埃，我却看不见那迅捷的猛禽，

看不见它利爪盲目的盘旋，

只看见古老的生命，奴仆，在田野

睡着的人，看见一个身体，一千个身体，一个男
　人，一千个女人，

在黑风之下，被雨水和夜晚染成黑色，

而一旁是雕像沉重的石头：

胡安·凿石者，维拉科查之子，

胡安·食寒者，绿星之子，

胡安·赤脚者，松石之孙，

兄弟，请上来同我一起出生。

十二

兄弟，请上来同我一起出生。

把手交给我，从你
播种的苦痛的深处。
你不会再从岩石的底部回来。
不会再从地下的时间回来。
你变硬的声音不会回来。
被钻穿的眼睛不会回来。
请看着我，从大地的深处，
农夫、织布工、沉默的牧人：
守护者原驼①的驯服者：
艰险脚手架上的泥瓦匠：
安第斯眼泪的挑水夫：
手指被凿烂的珠宝匠：
在种子中颤抖的农夫：
你流淌的泥胶里的陶器匠：

---

① 智利北部原住民神话中保护驼群的原驼。

请为这新生命的酒杯
带来你们被埋葬的旧伤痛。
给我看你们的血液你们的皱纹,
告诉我:我曾在这里受罚,
因为珠宝不够闪亮或土地
没有按时上交矿石或谷粮:
请指给我你们跌落其上的岩石,
你们被钉于其上的木桩,
请为我点燃古老的燧石,
古老的灯盏,漫漫数世纪
被粘在脓疮上的皮鞭
和闪映血色光泽的斧刀。
我来是要用你们死去的嘴说话。
透过大地,你们聚起了所有
散落四方的无声的唇,
请从大地深处与我彻夜长谈,
仿佛我也与你们一样被钉牢,
请告诉我一切,一串串,
一环环,一步步,
请把你们留存的尖刀磨利,
把它们放在我的胸膛我的手掌,
像一条金黄光束的河,

像一条被埋猛虎的河,
让我哭吧,时时,日日,岁岁,
失明的年纪,星辰的世纪。

请给我安静、水、希望。
请给我战斗、铁、火山。
用你们的身体粘住我的身体如同磁铁。
来吧,钻进我的静脉我的嘴。
说吧,透过我的词语我的血。

睡着的战士 [1]

浓稠的极限中，迷失的
战士来到这里。精疲力竭的
他倒在了藤蔓与叶片间，
倒在了覆羽的大神脚下：
后者正与他刚浮出雨林的
世界孤单作伴。
　　　　他看了看诞于
海上的陌生战士。
看了看他的眼，他带血的胡须，
他的剑，泛着黑光的
甲胄，海雾般
落在那个残忍
孩童头上的疲惫。
为了让羽神

---

[1] 以下 3 首诗选自组诗《征服者》。

诞生并让他的恢弘盘绕
于深林与粉岩之上,
需要有多少黑暗的地域,
多少蛮野之夜中癫水的
疯狂,未出世的光的
泛滥,生命躁怒的
发酵、毁灭,肥沃生命力的
粉末,而后是秩序,
植物与种群的秩序,
被切割的石块的垒积,
仪式灯盏的青烟,
为人类夯实的地面,
部落的建立,
陆上神祇的审判。
石上的每一枚鳞片都在颤动,
他感到恐惧降临
如昆虫的侵袭,
于是拾起自己的全部力量,
令雨水流入根须,
并与大地上的急流商议,
却在他宇宙之石的
静止的衣装之下黯然失色,

不能抬起尖牙和利爪,
不能调动河水与地震,
甚至不能唤起在王国穹顶
呼啸的风雨雷电,

他留在了那里,静止的石块,默不作声,

任一旁的贝尔德兰·德·科尔多瓦①酣眠。

---

① 为普通西班牙姓名。

希梅内斯·德·克萨达[①] (1536)

他们来了，来了，已经到了，

我的心啊，看那些船，

马格达莱纳河上的船，

贡萨洛·希梅内斯的船

已经到了，到了，那些船到了，

拦住它们，河流啊，收窄

你贪吃的河沿，

将它们没入你的心跳，

卷走它们的贪婪，

冲它们喷射你长鼻中的火焰，

放出你嗜血的脊椎动物，

你的食人眼的凶鳗，

把拥有泥色尖牙原始盔甲的厚重鳄鱼

---

① 贡萨洛·希梅内斯·德·克萨达（Gonzalo Jiménez de Quesada，1500—1579），西班牙殖民者，新格拉纳达（今哥伦比亚）"发现者"，编年史作者。

横置于你多沙的河水之上
如一座桥梁,
母亲河啊,从诞生于你的种子的
林木射出美洲豹的火焰,
向他们投去吸血的蝇虫,
用黑色的粪便蒙蔽他们的眼,
将他们埋入你的半球,
绑缚在你荫翳床铺的
根须间,
让他们的血全部腐烂,
让你的河蟹吞掉他们的肺
和他们的唇。

他们已经进入密林:
已经开始劫掠、开始噬咬、开始杀戮。
哦,哥伦比亚!请捍卫
你神秘红色雨林的面纱。

他们的匕首已举向了
伊拉卡[①]的祭坛,

[①] 伊拉卡(Iraka),今哥伦比亚波哥大附近原住民族群。

现在他们抓住了萨帕君王 ①,
现在他们把他绑了起来。"交出
古老神明的珍宝",
带着哥伦比亚清晨的露珠
绽放、闪耀的
珍宝。

现在他们正对王子严刑拷打。
他们斩了他的首,他的脑袋
望向我,用没有任何人能合上
的双眼,我赤裸的绿色祖国的
心爱的双眼。
现在他们点燃了庄严的楼宇,
现在奔马、
拷打、利剑继续,
现在只余几处残焰,
和灰烬间无法合上的
王子的眼。

---

① 萨帕(Zipa),奇布查部落首领。

红　线

后来君王举起
疲惫的手——比强盗的
额头更高些——
触了触墙壁。
　　　　他们画下了
那道红线。
　　　　三个房间
需要他用金银来填,
填到他的血画出的线。
黄金轮转动,夜复一夜,
苦难轮转动,日日夜夜。

他们划破大地,摘下
爱意与泡沫造就的珍宝,
扯下新娘的手环,
背弃自己的神明。

农夫交出了他的奖章

渔夫交出了黄金靴,

金轮继续转动,

犁铧震颤,回应

高空盘旋的信息与声音。

虎豹与虎豹聚在一起

瓜分鲜血与泪水。

阿塔瓦尔帕①略显悲伤地

在安第斯的陡峭白日中等待。

门没有开。直到那些

兀鹫瓜分完最后一份珍宝:

祭祀的绿松石,被屠杀

喷溅,缀满银片的衣裙,

慢慢被强盗的利爪丈量,还有笑声,

悲哀君王听到的

修士在刽子手间的笑声。

他的心是一个杯盏,

盛满如金鸡纳

---

① 阿塔瓦尔帕(克丘亚语 Atawallpa,西班牙语 Atahualpa,约 1500—1533),印加帝国最后一位(未正式加冕)萨帕印卡(皇帝)。

苦涩精华的苦浆。
他想了想自己的国界与高耸的库斯科,
想了想公主们,想了想自己的年纪,
想了想他的王国的寒战。
他的内心成熟,他绝望的
和平正是哀伤。他想到了瓦斯卡尔①。
这些异类是他引来的吗?
一切都是谜,一切都是刀,
一切都是孤独,只有那鲜活的
红线在跳动,
吞食着沉默将死国度的
腥黄内脏。

这时巴尔韦德与死神走进来。
"你今后的名字是胡安",他对他说着,
准备起了篝火。
他低沉地答道:"胡安,
胡安是我用来赴死的名字。"
他此时并未理解死的意味。

---

① 瓦斯卡尔(克丘亚语 Waskar,西班牙语 Huáscar),印加帝国第 13 代萨帕印卡,继位后遭阿塔瓦尔帕进攻最终战败。

他们勒住他的脖子,一把铁钩

伸进了秘鲁的灵魂。

夸乌特莫克(1520)①

年轻的兄弟已经许久许久
没有入眠,没有得到慰藉,
墨西哥的金属黑暗里
战栗的年轻人,在你手中
我领会到你赤裸祖国的美德。

在它之中你的微笑诞生、成长
仿佛光与金之间的一条线。

你的被死亡闭合的唇
是被埋葬的最纯粹的静。

---

① 选自组诗《解放者》。夸乌特莫克(纳瓦特尔语 Cuāuhtēmoc,西班牙语 Cuauhtémoc),中美洲阿兹特克帝国末代统治者,在对西班牙殖民者埃尔南·科尔特斯(Hernán Cortés)抵抗中英勇善战,但最终被俘,受绞刑而死。

大地上一切口唇之下
沉落的泉。

或许,你听见了,听见了
朝向遥远阿纳瓦克的
水的流动,一阵
被撕碎的春天的风?
它或许是雪松的话语。
是阿卡普尔科①的白浪。

然而夜里你的心会
如一头小鹿逃向
边境,在沉没的
月亮之下,慌乱
穿行于血淋淋的遗迹。

一切阴影都在制造阴影。
大地是一间黑暗厨房,
石块与锅炉,黑色蒸汽,

---

① 阿卡普尔科(Acapulco),墨西哥最大海滨城市,西班牙殖民时期中国与墨西哥海上贸易终点。

无名的墙,自你祖国金属的夜
呼唤你深重的苦痛。

然而你的旗帜上没有任何阴影。

约定的时刻到了,
在你的人民中,
你是面包和根茎,是长矛与星星。
侵略者停下了脚步。
不是蒙特祖玛①,他已熄灭
如死去的杯盏,
是闪电和它的盔甲,
魁扎尔鸟的羽毛,人民的花朵,
船间燃烧的盔顶。

然而一只冷酷的手如石化的世纪
扼住了你的喉咙。
他们没有掐灭你的微笑,没有

---

① 蒙特祖玛一世(纳瓦特尔语 Motēuczōma Iihuicamīna,西班牙语 moctezuma),"长空弓箭手",为阿兹特克特诺奇蒂特兰城第五位统治者、阿兹特克帝国第二位君主。他执政期间,完全统一了帝国,并将淡水资源引进特诺奇蒂特兰。

让神秘的玉米粒粒
脱落,只是拖行着你,
被俘的胜利者,
在你的全部疆域,
在瀑布和山峦间,
在流沙与荆棘上,
如一根不间断的石柱,

如一位令人心痛的见证者,
直到一根粗绳缠住
纯洁之柱
并将他的躯体悬挂
在这不幸土地的上空。

联合果品公司[①]

喇叭响起时,大地上
一切都准备就绪,
耶和华将世界分给了
可口可乐公司,安纳康达铜矿公司,
福特汽车公司,还有其他企业:
联合果品公司
揽去了最鲜美多汁的一份,
我故土的中央海岸,
美洲的甜美腰肢。
它将那土地
重新命名,叫它"香蕉共和国",
它在睡着的死者之上,
在征服了伟大、
自由和旗帜的

---

① 选自组诗《遭背叛的沙地》。

不安的英雄之上,

演起了荒诞歌剧:

它转让了自由意志,

转赠了恺撒的王冠,

抽出了嫉妒,引来了

群蝇的独裁:

特鲁希约[①]苍蝇,塔乔[②]苍蝇,

卡里亚斯[③]苍蝇,马丁内斯[④]苍蝇,

乌比科[⑤]苍蝇,沾染卑微血液和果酱的

潮湿苍蝇,

在人民的坟墓上嗡鸣的

烂醉苍蝇,

马戏团苍蝇,渊博智慧、在独裁制度下

游刃有余的苍蝇。

[①] 拉法埃尔·莱奥尼达斯·特鲁希约(Rafael Leónidas Trujillo,1891—1961),多米尼加独裁者。
[②] "塔乔(Tacho)"是尼加拉瓜独裁者阿纳斯塔西奥·索莫萨·德巴伊勒(Anastasio Somoza Debayle,1896—1956)的绰号。
[③] 蒂武西奥·卡利亚斯·安蒂诺(Tiburcio Carías Andino,1876—1969),洪都拉斯独裁者。
[④] 马克西米利亚诺·埃尔南德斯·马丁内斯(Maximiliano Hernández Martínez,1882—1966),萨尔瓦多独裁者。
[⑤] 豪尔赫·乌比科·卡斯塔涅达(Jorge Ubico Castañeda,1878—1946),危地马拉独裁者。

嗜血的苍蝇间

联合果品公司上了岸,

用卷走的咖啡和水果,用

我们沉陷土地上的珍宝

装满了他们如托盘般

滑走的船。

与此同时,在港口

齁甜的深渊,

印第安人不断坠落,被埋在

清晨的蒸汽间:

一个滚动的身体,一个没有名字的

东西,一个跌落的数字,

一串在停尸场

腐烂流汤的死亡果实。

亚美利加[1]

我被,被

忍冬和荒野,豺狼与闪电

被丁香一环环芬芳围绕:

我被,被

仅有我认识的日日、月月、流水,

被仅由我创立的指甲、鱼儿、月份围绕,

我被,被

钟声遍布的海岸

细瘦的战斗泡沫围绕。

火山与印第安人的猩红衣衫,

由赤裸的脚在叶片

与根须间的荆棘中筑起的路,

于夜晚伸探至我脚边让我在其上行走。

深暗的血仿佛在秋日

---

[1] 选自组诗《亚美利加,我不徒劳唤起你的名》。

流淌于地面,
雨林中可怖的死亡旗帜,
侵略者慢慢消解的脚步,猛士的
呐喊,昏睡长矛的黄昏,
战士的惊梦,鳄鱼的和平
翻搅其中的大河,
当选市长令人意外的你的新城市,
桀骜不驯的鸟儿的大合唱,
雨林腐烂的白日中,萤火虫
自我保护的光芒,
当我存在于你腹中、午后的
雉堞、你的休憩、你数次诞生于其中的子宫,
存在于地震、农民的魔鬼、高山冰川
落下的尘埃,存在于空间,
纯粹的、无法抓住的浑圆空间,
存在于康多兀鹫的血腥利爪,危地马拉
忍辱负重的和平,存在于黑人,
特立尼达的码头,拉瓜伊拉:
一切都是我的黑夜,一切
都是我的白昼,一切
都是我的空气,一切
都由我经历、挨受、高举、消灭。

亚美利加,我所歌唱的这些音节不由黑夜
也不由光芒铸就。
我的胜利的辉光与面包
所掌控的物质是泥土,
我的梦,不是梦而是泥土。
梦中我被广阔的黏土环绕,
活着时顺我的手,有
丰沛的泥土涌流。
我喝下的亦不是美酒而是泥土,
隐藏的泥土,我口中的泥土,
轻负朝露的农业的泥土,
明耀豆荚的疾风,
谷粮的品种,黄金的粮仓。

玛加丽塔·纳兰霍[①]

（硝矿工人

玛利亚埃莱娜镇，

安托法加斯塔大区）

我，已经死了。我来自玛利亚埃莱娜镇。

在拉潘帕省过了一辈子。

一直为美国公司流血流汗，之前是我父母，之后
  是我们姐妹兄弟。

也没罢工，什么都没做，他们就把我们包围了。

那是个晚上，整个军队都来了，

他们挨家挨户把人揪起来，

带到集中营去。

我多希望我们别给带去。

我丈夫给公司、给主席干了

[①] 选自组诗《地球的名字是胡安》。

那么多活儿,他是最努力的那个,
他得了大家的选票,深受爱戴,
没人能说出他的不是,他为
理想而奋斗,少有人能像他这样
纯粹又诚实。所以他们受乌里萨尔上校
指派,来到我家门口,
把他衣冠不整拽出去,凶狠地
扔进了夜里就开走的卡车,
开往了皮萨瓜,开往了黑暗里。于是
我感觉自己开始无法呼吸,我感觉
脚下已经没有土地,
这无比巨大的背叛和不公
让一阵苦泪涌上我喉头让我
无法活下去。我的工友为我
带来了吃的,我对她们说:"他不回来我就不吃。"
第三天她们把情况告诉了乌里萨尔先生,
他哈哈大笑,她们发了
一封又一封电报,但圣地亚哥的暴君
并没有回信。我慢慢睡去慢慢死去,
饿着肚子,咬紧牙关为了不喝下
哪怕一口汤一滴水。他没回来,他没回来,
一点点地,我死了,他们把我埋了:

在这里,在硝石工厂墓地,
那天下午风沙四起,
流动职工们女人们都在哭泣,他们唱着
我那么多次与他们一起唱过的歌曲。
如果可以,我会找找安东尼奥,
看我的丈夫是否也在那里,但他不在,不在,
他们甚至不放他来我的葬礼:现在,
我在这里,已经死了,在拉潘帕的墓地,
四周只剩下孤寂,我已不存在,
没有他的我将不复存在,没有他,我不会再存在。

对所有人，对你们[1]

对所有人，对你们，
在黑夜拉起我的手的
寂静的生灵，对你们，
永生光芒的
灯盏，星辰的线条，
生命的面包，秘密的兄弟，
对所有人，对你们，
我说：没有恩典，
没有什么可以填满纯洁的
杯盏，
没有什么可以
在不可战胜的春天的
旗帜上留住整个太阳，

---

[1] 选自组诗《逃亡者》。

如你们沉默的尊严。

我只是

想

或许我配得上这般的

简单,这样纯洁的花朵,

那一小撮土地、面粉和歌声,

那知道自己从何而来

属于何处的自然糅合体。

我不是遥远的钟,

也不是被深埋的你

所无法解译的水晶,我只是

村镇、隐蔽的门、黑面包,

当你接纳我,你便

接纳自己,接纳

那被打倒多次

却又多次重生的

客人。

　　　　一切,所有人,

我不认识的人,从未听过

这名字的人,在我们

漫长江河边生活的人,

在火山下生活的人,在铜矿的

硫黄阴影下生活的人，渔民和农夫，
晶莹湖岸的蓝色印第安人，
在这个时间用古老的双手
反复钉补皮面的制鞋匠人，
你，还有等候过我却并不知晓的人，
我属于、感激、赞颂所有这些人。

元素颂

(1952—1954)

洋蓟颂

内心柔软的

洋蓟

身着戎装,

挺立着,建起

小小穹顶,

它在鳞片

之下

雨露

不侵,

它身旁

疯狂的蔬菜

曲起身体,

变成

耳环,钟楼,

动人的球体,

那时地下

睡着红髭须的

胡萝卜，

葡萄园

摘掉了

美酒爬升所流经的

藤条，

卷心菜

一心试穿裙装，

牛至

则尽力用芬芳感染世界，

甜美的

洋蓟

在菜园中，

身着戎装，

锃亮

如一颗石榴，

傲然自得，

一天，

一棵又一棵

它被装进巨大的

藤筐，走在

集市

想完成梦想：

它要征战沙场。

一排排，

它从未这般英猛

如此刻在集市，

豆荚间

穿白衬衣的

人们

是

洋蓟的

统帅，

紧密的兵阵，

指挥的声音，

一个坠地盒子的

爆破声，

就在

那一刻

玛利亚

提着篮子

来了，

选择了

一棵洋蓟，

她并不怕它，
只是打量它，观察它，
逆着光像在看一颗鸡蛋，
她买下它
塞进
袋子里，
与一双鞋，
一棵卷心菜还有
一瓶
醋放在一起，
直到
走进厨房
将它泡进锅里。
就这样
这全副武装的
名叫洋蓟的植物的
军旅生涯
和平结束了，
接着，
在为美味
褪去
片片鳞片

之后，
我们享用了
它绿色心脏的
和平质地。

懒惰颂

昨天,我感觉颂歌
没有钻出土地。
到时间了,它至少
应该
展示出一片绿叶。
我挠了挠地面:"上来吧,
颂歌姐妹,"
我对她说,
"我向你承诺,
不用怕我,
我不会搅碎你,
四片叶子的颂歌,
四只手的颂歌,
我们只会一起喝喝茶。
出来吧,
我要在所有颂歌之间为你加冕,

我们会一起出去,在
海边,骑一骑自行车。"
但没用。

那时,在松柏顶端,
懒惰
赤裸着现身,
令我目眩,
沉迷,
为我,她在沙地上发现
细小的破碎的
海洋物质,
木头,海草,石块,
海鸟羽毛。
我找了找却没找到
黄玛瑙。
海
填满空间
消解高塔,
入侵
我祖国的条条海岸,
层层

推进泡沫的灾害。

孤独在沙地,

一个花冠

散出

一道光束。

我看见银色的海燕划过,

看见鸬鹚

如黑色十字

钉在岩石之上。

我救起一只

被困于蜘蛛网纱的蜜蜂,

向一个衣兜

塞入一枚石子,

柔软,柔软至极

如小鸟的胸脯,

而在海岸,

太阳和雾气缠斗了

一整个下午。

有时,

雾气里

浸满了

光,

仿佛黄玉,
另一些时候一道
湿润太阳的光束垂下,
任金黄的液滴坠落。

夜里,
想着我的在逃颂歌的
任务,
我在火旁
拿出鞋,
抖掉了它们的沙土,
不一会儿就慢慢
睡着了。

塞萨尔·巴耶霍颂[①]

你面庞的石块,

巴耶霍,

荒凉山脉的

皱纹,

我在歌里都记得,

你巨大的

额头,

脆弱身躯之上,

你刚被掘出的

双眼里

黑色的黄昏,

那些日子,

唐突,

[①] 塞萨尔·巴耶霍(César Vallejo,1892—1938),秘鲁诗人、作家,被认为是 20 世纪最伟大的诗歌革新者之一。

失衡,
每一刻都有
不同的酸楚
或遥远的
温柔,
生命的
钥匙
在街道
陈旧的光下
颤抖,
你从一段
地下的旅行
缓缓
归来,
我在满目疮痍的山峦
高处
猛击大门,
想让高墙
裂开
让山路
绵延,
刚从瓦尔帕莱索归来的

我又在马赛上船,
地球
如散发芳香的柠檬
裂成
黄色的清新的两半,
你
留在
那里,
一无所依,
伴着你的生
你的死,
伴着你坠落的
沙,
测量着自己,
掏空着自己,
在空气里,
在烟雾里,
在冬日
破旧的小巷里。

那是在巴黎,你
住在赔本的

穷人旅馆。

西班牙

血流不止。

我们一起前去。

之后

你再一次

留驻于烟雾,

就这样,当你

不再离去,突然,

保留你骨骼的

不再是伤痕满布的

大地,

不再是

安第斯的山石,

而是烟雾,

是冬日巴黎的

霜。

你两次被掘出,

我的兄弟,

从土地,从空气,

从生命,从死亡,

被掘出,

从秘鲁,从你的河流

挨受着你的黏土的缺席。

我不是在生命中

而是在死亡里缺少你。

我在你的土地,

一滴滴水滴,

一缕缕尘土,

找寻你,

你的面庞

很黄

你的面庞

很陡峭

布满了

老旧的宝石,

破碎的

陶罐,

我登上

古老的

石阶,

或许

你迷路了,

被金丝

缠住,

被绿松石

覆盖,

沉默不语,

或许

在你的村镇,

在你的人民里,

有伸展的玉米的

颗粒,

有旗帜的

种子。

或许,或许现在

你移居异乡

又回来,

终于

来到旅途

终点,

于是某一天

你会看到自己在祖国的

中心,

英勇起义,

充满生机,

你水晶的水晶,你火中的火,

紫石的道道光芒。

第三部 颂歌

(1955—1957)

年迈诗人颂

他向我伸出手
仿佛一棵老树,
伸长一根
没有
叶片也没有果实的
残枝。
从前他
写作时
解开
命运
线与丝的
手,
如今
已被日日、月月、年年
仔细
划满了伤痕。

他面庞上
时间的
书写
已经干涸,
它是微小的
流浪的,
仿佛
自他出生那里
就已经
备好了
诗行与符号,
并一点点
被空气
扶起。

长长的深刻的诗行,
被他脸上的年龄
截断的篇章,
疑问的符号,
神秘的寓言,
星号,
在他灵魂

铺散开来的寂寞里
美人鱼所忘记的一切,
从星空中
跌落下来的东西,
就在他被画出的
面庞里。
年迈的
诗人
从未用钢笔与硬纸
拾起
生命淌出的
河流
或恭维他诗句的
陌生神祇,
如今,
在他双颊,
世上全部的
神秘
用寒冷
设计出了
他的表达的代数,
而那些微小的

恒定的

被看轻的

东西

都在

他的额头

留下了

深邃的

书页，

在

他

如流浪鸬鹚的

喙的

细长

鼻子上，

旅行与海浪

存放着

它们的

远海字句。

两块

无法处理的

小石头，

两块海

玛瑙,

在那场

较量中

是他的双眼,

只有透过它们

我才看到熄灭的

篝火,

诗人

手中的

玫瑰。

现在,

正装

他穿着已经大了,

仿佛他

住在一栋

空

房子里,

全身的

骨头都在向

皮肤趋近,

并将它顶起,

他是

骨头做的,

劝诫人、

教导人的骨头,

一棵小

树,说到底,是骨头做的,

诗人

被雨的

书法,

被时间

永无耗竭的源泉

熄灭了。

我任他在那儿

匆匆赶向死亡,

仿佛后者也

几乎赤裸地

在一个阴森的公园

等他,

仿佛他们

手牵手

一直走到

一间被搬空的卧室，

仿佛他们

在里面睡着了

正如我们

所有人

都将要睡去的样子：

握

一枝

玫瑰，

而握它的

那只

手

也坠落

成灰。

怪诞集

(1957—1958)

　　　　　要
　　　　需
　　　天空
　　攀上
为了

两只翅膀，
一把小提琴，
一些没有计数
也尚未命名的东西，
细长迟缓的眼睛的证明，
杏树指甲的登记，
清晨草叶的证书。

我请求安静

现在请让我安静。
现在请习惯没有我的存在。

我要闭上眼。

我只要五样东西,
五条我喜欢的根须。

一是无尽的爱。

二是去看看秋日。
我无法存在,倘若没有叶片
轻舞着回归大地。

第三是深重的冬日,
我爱过的雨,热火轻抚

野生的寒凉。

第四是浑圆
如西瓜的夏天。

第五样东西是你的眼睛,
我心爱的玛蒂尔德①,
如果没有你的眼睛,我会不想睡觉,
如果没有你看我,我便不愿存在:
我愿抛弃春天,
来换得你继续落在我身上的目光。

朋友们,这就是我想要的东西。
几乎什么都不要,几乎什么都想要。

现在,如果你们想,就可以离开。

我的经历如此之多,有一天
你们需要用尽气力才能

---

① 玛蒂尔德·乌鲁蒂亚(Matilde Urrutia,1912—1985),智利歌唱家、作家。聂鲁达第三任妻子。

从黑板上把我擦除，将我遗忘：
因为我的心曾无尽无穷。

但不要因为我请求安静
就认为我行将死去：
恰恰相反：
我要活下去。

我是我，我要继续。

唯一可能的是，我内心
将会长出粮食，
首先是撑破土地
来看阳光的种子，
然而大地母亲很黑暗：
同样黑暗的是我的内心：
像一口井，井水
坐拥夜晚撒下的繁星，
却仍孑然在旷野。

如此之多的经历令我
还想经历如此之多。

我从未感到自己这样响亮,
从未拥有过这样多的亲吻。

现在,一如往常,时候尚早。
光还在与它的蜜蜂飞翔。

请让我与这一日独处。
请允许我诞生。

恐　惧

所有人都让我跳跃，
让我保养，让我去踢足球，
去跑，去游，去飞。
很好。

所有人都建议我休息，
所有人都帮我指派医生，
用某种方式看着我。
怎么了？

所有人都建议我旅行，
建议我进去、出来，建议我不要旅行，
建议我死，建议我不要死。
不重要。

所有人都看见

可怕——放射图像中
我惊恐内脏上的异样。
我并不同意。

所有人都用看不见的叉子
戳我的诗，
寻找——毫无疑问在找——一只苍蝇。
我害怕。

我害怕所有人，
害怕凉水，害怕死。
和所有凡人一样，
无法拖延。

因此在这短暂的日子里
我不在意他们，
我要打开自己，闭锁自己，
和我最背信弃义的敌人
巴勃罗·聂鲁达一起。

致孩子的脚

孩子的脚还不知道它是脚,
它想做蝴蝶或者苹果。

但后来玻璃和石头,
街道、楼梯,
坚硬的土路
慢慢让它明白脚不能飞,
不能做枝条上浑圆的果实。
于是孩子的脚
被击败了,陷入了
战役,
成了俘虏,
被判活在鞋里。

慢慢地,没有光
它按自己的方式认识了世界,

却没能认识另一只脚,只在禁锢中
探索生活如一位盲人。

那些温柔的石英
指甲,一串串
变硬,变成
晦暗不明的物质,生硬的角,
孩子的小小花瓣
被压扁了,失衡了,
形如没有眼睛的爬行动物,
蠕虫的三角脑袋。
随后长出硬壳,
覆上了
死亡的座座微型火山,
令人不可接受的硬。
但这盲眼的家伙还在走,
不休息,不停止,
一小时又一小时,
一只脚和另一只,
男人的
或女人的,
向上,

向下,
在田野上,在矿洞里,
在仓库中,在部委内,
向后,
向外,向里,
向前,
这只脚与它的鞋通力合作,
几乎没有时间
在情爱中在梦里脱光衣服,
它走着,它们走着,
直到那整个人停下来。

于是它下到了
地里,一无所知,
因为那里的一切,一切都是黑的,
它不知道自己已经不再是脚,
不知道他们埋它是为了让它飞翔
还是让它
做一只苹果。

猫的梦

猫睡得真美,
它跟爪子和重量一起睡,
跟它残忍的指甲一起睡,
也跟它嗜血的血液一起睡,
它和构建出
一条沙色尾巴的地质环境的
如同被烧焦的圆圈的
所有环形一起睡。

我梦想像猫一样睡,
伴随时间的全部毛发,
伴随燧石的舌头,
伴随火焰干燥的阴部,
不与任何人交谈,之后
将身体摊在所有人之上,
摊在屋顶与大地,

猛烈地奔去
捕捉梦中的老鼠。

我见过猫睡着时
如何波涛起伏，夜
如何在它体内奔涌仿佛暗水，
有时它行将跌落，
或许要从高空赤裸的冰层坠下，
或许是在睡眠中成长得太多
如一头猛虎曾祖，
要在一片浓黑中
跳上屋顶、云朵和火山。
睡吧，睡吧，夜晚的猫，
伴着你的主教仪式，
你的石胡须：
它整理我们的一切梦境，
引领我们酣睡壮举的黑暗，
伴着你嗜血的心
和你长尾的细颈。

黑岛纪事

(1962—1964)

出　生[①]

一个人出生了，
在许多
出生的人之间，
活过了，在许多活过的
人之间，
没有更多故事，
只有土地，
智利中部的土地，那里
葡萄园盘卷绿发，
葡萄由光滋养，
葡萄酒诞生在人们脚下。

那个生于冬日的人
诞生的地方

[①] 以下3首诗选自组诗《雨诞生的地方》。

叫巴拉尔①。

房屋与街道
都不复存在:
山脉放出
它的马群,
深处的
巨能
积聚,
山峦暴动,
村镇
裹在地震中
倒下。

同样倒下的还有砖墙,
砖墙上的画像,
黑暗厅堂里
散架的家具,
不时被苍蝇打断的寂阒,
一切

---

① 巴拉尔(Parral),智利市镇,本义为葡萄架、葡萄园。

都再次成为尘土:
只有我们这一些人
保留了形体和鲜血,
只有一些人,还有酒。

酒继续存活,
它爬上
被流浪的
秋日所剥下的
颗颗葡萄,
它下到沉闷的压榨机,
下到
被它温柔血液染红的木桶,
在那里,在可怖
土地的恐吓之下,
继续赤裸,继续生存。

关于风景、时间,
关于面孔、形象,
我都没有记忆,
只记得轻薄的尘土,
夏日的尾声,

和那座墓园，他们
带我过去，
去看一座座坟墓间
我母亲的梦。
因为从未见过
她的脸，
我便在死人之间唤她，想看看她，
但和其他所有被埋葬的人一样，
她不知道，听不见，不回答，
独身留驻，没有她的儿子，
孤僻而含糊
在一片暗影之中。
我就来自那里，来自那个
巴拉尔，那里的大地震颤，
载满了诞生于
我死去母亲的
葡萄。

初次旅行

我不知我们是何时到的特木科。
出生很模糊,而真正的
出生很迟,很慢,
一切感受、认知、恨、爱,
都有花也有刺。
从祖国覆灰的胸膛,
他们一句话不说把我
带向了阿劳科的雨。
房屋的地板
闻起来像森林,
像纯粹的雨林。
我弄混了
眼睛与林叶,
一些女人与榛树的
春天,人与树,
我爱风和叶的世界,

我分不清嘴唇与根茎。

斧头和雨水下,木头城
渐渐壮大,
它刚刚被伐出,如
流渗树脂的新星,
大小手锯
日夜欢爱,
歌唱着,
工作着,
尖锐的蝉鸣
扬起一声叹息
在固执的寂寞里,又回
到了我自己的歌声:
我的心仍在伐锯森林,
在雨中随锯刀歌唱,
碾磨着寒冷、锯末与芳香。

父　亲

粗暴的父亲
从他的火车上回来了：
我们认得出
黑夜里
用一声流浪的长啸
一声夜晚的叹息
刺透雨水的
火车头的
汽笛，
随后
是颤抖的大门：
一阵风
同父亲一起进来，
两次跺脚间，
整栋房子
都在震颤，

惊恐的房门

随干涩的枪声

被撞上,

楼梯开始呻吟

一个嗓音高声

斥责着,仇怒四溢,

而风暴的

暗影和如瀑布的雨

摔落在房顶,

慢慢淹没

世界,

什么都听不见,只有风

在和雨搏斗。

但,是白天。

他是火车的车长,冰冷朝霞的长官,

模糊的太阳

尚未萌发时,他的胡子,

他的红绿相间的

旗帜,挂起的灯笼,

在自己地狱中的机器的黑炭,

烟雾中停泊列车的车站

还有他驶向山川的职责
都已准备就绪。

铁路工人是陆上的海员
在没有海景的小小港口
——林间的村镇——火车跑啊跑
放纵着自然,
完成着他在大地上的航行。
当绵长的火车停下休息
朋友们聚在一起,
走进来,我童年的大门敞开,
餐桌震颤,
应着一只铁路之手的一击,
兄弟们厚重的杯盏相撞,
葡萄酒眼里的
光芒
闪耀。

我可怜的粗韧的父亲
就在那里,在生命的中轴线上,
男人的友谊,被斟满的酒杯。
他的人生是一段疾速的兵役,

在他的早起和他的道路间，
在为了迅速离开的到达间，
在一个比往常雨更大的日子，
火车司机何塞·德尔·卡门·雷耶斯
登上了死亡的列车，直到现在都没有回来。